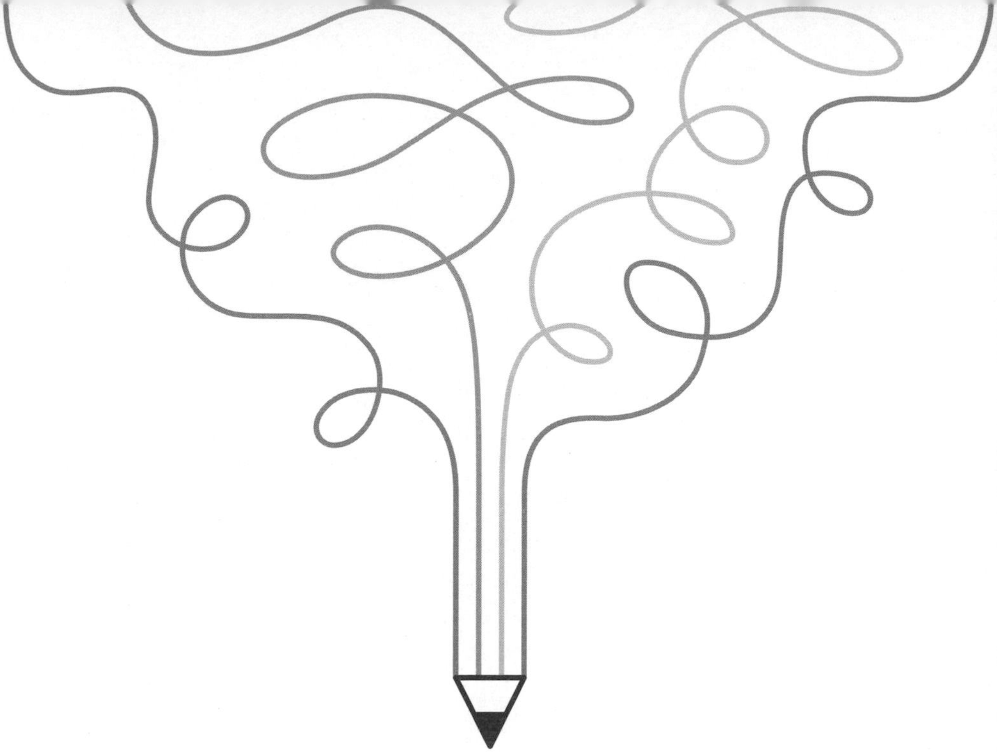

寫作的本事

無畏、熱情與想像力，英國寫作教母的創意指引與私房筆記

The
Happy Writing Book
Discovering the Positive Power of Creative Writing

伊莉絲・華莫比達
Elise Valmorbida

李伊婷 譯

目次

PART 2 實地操作

PART 3 寫出幸福人生

前言
勇敢嘗試寫作

二十多年來，我一直在教授創意寫作，在各地開設課程、工作坊或進行一對一指導。我熱愛教學。我深深相信，要成為好老師，必須先成為好學生。我不斷向我的學生學習，樂於面對他們給我的挑戰。

幾十年來，我留意到人生總充滿這些事：煩惱、希望、恐懼和夢想。我們這些創意寫作的愛好者，總是會在生活中找到各種新的幸福：有時是靈感乍現的欣喜，有時是出版或獲得讚譽的滿足。但我最重視的，是長久的幸福感，雖然形成的速度緩慢，時好時壞，但終究會出現。它就像馬賽克一樣，在我們觀看與投入世界的過程中，一小片一小片地拼湊而成。隨著時間的推移，創意寫作可以提升幸福感；而後者又能豐富前者，於是產生正向的循環。

在這樣教學相長的過程中，我在十五年前寫下本書的第一頁，接著緩慢而持續寫下其他篇章。

正如典型三段的故事結構，本書也分成三個部分：開始、中間和結尾。這個結構跟難度或階段無關，創造力不是以既定的步驟培養起來的。你可以隨意翻閱，或是從頭讀到尾。

開始創作時，我們會熱情又興奮，有許多障礙要克服，還要做好準備、培養想法。無論你是老手還是新手，都能在這裡找到拓展思維、打開心扉的章節。

在創作的中途，你需要更大的專注力，以吸收、發展和養成更複雜的技術。你會需要大量的實作指南，包括書籍以及觸類旁通的啟發。

最後，你得展現決心與韌性，以完成你寫作的目標，並為自己帶來終生難忘的成果。在這一部分，你將找到相關的方法和建議。

在有些章節中，我會鼓勵你多多行動；在其他章節，我則提供嶄新的思考方式。有些作業你只需花十分鐘就可以完成，有些練習比較單純，但要重複操作。其他部分是寫作技巧，可不時查看。有些想法要仔細琢磨，慢慢讓它們成型、不用急。有些概念要花一週甚至幾個月的時間反覆思索，之後才能實踐。有些建議看起來相互矛盾，你可以自己斟酌調整。有些人會在截稿期前創作力爆發，有些人會對於前景感到沮喪。但有時候，迎面挑戰自己的習慣和討厭的事，反而能拓展自己的創作力。

在我的教學和寫作實踐中，我也融入了其他專業的見解，並寫進這本書。我學過太極，也參與過電影製作、擔任公關顧問。我接觸過音樂、藝術、設計、哲學、心理學和神經科學，它們都在在啟發了我。

我會討論各種形式的創意寫作，但主要側重於散文以及英國文學*。不管創作者是名家或素人、是當代人或古人，都是我的靈感泉源。我會引用學員、朋友和同行的話，也分享我個人在教學和寫作時的種種經驗與見解。

忘掉單調乏味的寫作方法吧！試試看本書提供的一百道靈感。

許多人都在小學時寫過有趣的詩、在青春期時寫下情感滿溢的手記；這些有創意的作品，都是在學生時期完成的。大家應該都還記得寫作是多麼有趣，但從那以後就再也沒碰過了。雖然現在的你認為自己「沒有創造力」，但還是想藉由寫作來展現自己的表達

* 在古代的詩文中，我們不難找到適合講故事的美麗詞語。《貝奧武夫》、《威茲瑟斯》（*Widsith*）及無數的智者都慷慨地提供了文字的寶藏。希望你也能開創屬於你自己文字寶庫。

能力。比方說，你想寫封客訴信到銀行，指出他們的服務有問題，但不想顯得自己咄咄逼人。或者你開了部落格，卻一直遲遲發不出第一篇文。你甚至有重要的寫作計劃，像是完成回憶錄或家族史。如果你有這些動機，那麼這本書很適合你。

同樣地，如果你以文字為生，這本書也很適合你。也許你已有出版經驗或寫過作品，但想要探索新方向、增進你的創作技巧。任何類型的作家都會陷入困境。有些人只是因為熱愛而瘋狂地寫，但不知道該如何取得進步。許多工作都需要創意：視覺藝術、電影製作、行銷、時尚、設計、舞蹈，而說故事的能力更是重要。無論你投入哪個領域，這本書都適合你。

這是一本實用的寫作指南，它不僅提供你創作的靈感，還能增進你生活的幸福感。你會更加留意到微小而充滿意義的事，還會學習新技能、克服恐懼、建立信心、改掉無用的習慣、培養好奇心。總之，為了樂趣而創作。開啟特定的寫作任務，就能激發你的潛能，在廣闊世界中更有韌性。充分利用你的內在資源，用寫作來培養你的思考力與想像力。

這些寫作策略涉及到行動和紀律。有些篇章只需體會、閱讀，而無需做任何作業。

將這些建議、技巧和見解記在心裡，就能成為更有自信、更具創造力、更好的寫作者，進而對生活產生正面而積極的影響。

我敢說，無論你如何使用這本書，都一定會更加地享受閱讀、寫作和生活。

PART 1

熱身

想想那些令你感到熱血沸騰的事。

創作始於克服障礙、消除懷疑、激發靈感、釋放自我……

無論你是經驗豐富的作家還是新人，

都能在這裡找到開拓視野和敞開心胸的篇章。

The Happy Writing Book

Discovering the Positive Power of Creative Writing

1

為何寫作？

三歲時，媽媽教我寫字。我實在太興奮了，於是在牆壁上寫得滿滿一片。我無意要破壞家具或吸引他人的注意，只是對這種新長成的力量感到激動不已，想要不斷練習。現在回想起來，「寫字」帶來一種神奇的感覺：在我轉動的腦袋裡有一些無形的東西，接著從我手中的工具轉化到物體表面上，創造出他人可以閱讀並理解的符號。

這就是創意寫作（Creative Writing），透過文字的魅力，我們形塑詩的意境、編織故事、創造聲音和場景。從書本中散發出來的魔力，都是出自作家的手。有些作家還是插畫家。我童年大部分的時間都花在閱讀、書寫、素描和繪畫上。自那時起，我一直在視覺的誘惑和文字的魔法間難以抉擇，但看來是寫作略勝一籌。

創意寫作是一種令人快樂的癮。你一開始只是想試驗看看，也或許是因為同儕的壓力（大家都在寫作）。你無法抵抗它危險的誘惑，那些為了寫作而傷痕累累的人最終跑到終點，完成人生的里程碑。

無論你有多脆弱、還是像蟑螂一樣頑強，都不要自己騙自己：寫作會讓人上癮。它是如此強大、好玩又有趣，但很快地，它會開始折磨你，變成一種無法滿足的渴望，你會用盡各種方法來滿足它。

我已經警告過你了。

那麼，你為何還要寫呢？除了謀生之外，英國作家喬治・歐威爾還提出了寫作的四種衝動，但他不稱之為癮頭。他認為作家有其自由意志，所以它們是「動機」，也就是「完全的自我中心」、「熱衷於美的事物」、「歷史使命」或「廣義上的政治性目的」。歐威爾認為，寫作動機不外於渴望受到關注、從各種美感中得到樂趣（包括文字排列）、分享寶貴的經驗以及追求真理。此外，作家也想要影響人們的思考或感受，藉此來改變世界。

就算你還不是個作家，但如你認同歐威爾所提出的動機，那麼至少你具有成為作家的素質。若你像歐威爾一樣誠實與真摯、致力於追求真理，就是一個好的開始。

為何寫作？花點時間思考這個問題吧。

2 人生的未竟之地

在泰特現代藝術館（Tate Modern）裡，你會看到一片雕塑雅致的人造大理石殘壁，名為「自羅馬時期以來世界一直是空的」（THE WORLD HAS BEEN EMPTY SINCE THE ROMANS）。這些碎塊非常沉重，彷彿是來自一片古老的岩壁，而今拼湊在一塊，懸掛在我們的上方；它說明了一切，包括前人說過和做過的一切。蘇格蘭藝術家芬利（Ian Hamilton Finlay）創作出這件引人入勝、新舊意義並陳的當代藝術作品。

寫作課的學生總會問，難道某個類型的故事沒人寫過嗎？

「當然有，」我說：「想想，有多少命運多舛的戀人故事？」

但這並沒有讓莎士比亞打消念頭，他反而從中得到了許多靈感。他有一部戲劇的情節是根據一首英國敘事詩，而後者的靈感來自於一段古早的義大利故事；而這個故事也帶有古代愛情悲劇的元素。這麼沉重又老調重彈的故事，還是有人把它改編成現代音樂劇《西城故事》，而且之後還是有無數以羅密歐與茱麗葉為靈感的歌劇、芭蕾舞劇及歌曲。還有許多電影人一次又一次地回歸浪漫，讓這個故事煥然一新：齊費里尼（Franco Zeffirelli）的《殉情記》和魯曼（Baz Luhrmann）的《羅密歐與茱麗葉》。

「莎士比亞是英國文學史上最偉大的作家，在他之後的作品都是次等的。」要是馬克・吐溫或珍・奧斯汀這麼想，那我們就讀不到《湯姆歷險記》及《傲慢與偏見》了。要是維吉尼亞・吳爾芙和童妮・摩里森（Toni Morrison）選擇了沉默，那我們就聽不到現代女性的心聲。要是麥可・翁達傑不與人往來，T. S. 艾略特（T.S. Eliot）和薩繆爾・貝克特（Samuel Beckett）根本沒動筆，我們就看不到這些大師傑作。

這些作家並沒有因為活在偉人的陰影下而扔掉手中的筆。而且，是要有多自負，你才會拿自己與歷史上的偉人相比較？

因此，快樂地告訴自己：我會寫作。我的作品有我的特色，至少創作的經驗非常難得。雖然我是唯一的讀者，最終完成的作品也有它的價值。我不會拿自己和詩人露比・考爾（Rupi Kaur）或瑪格麗特・愛特伍（Margaret Atwood）相比——這不是一場比賽。我會找到自己寫作的聲音。我寫作只為了自己，它打開了我的靈魂，喚醒了我的大腦；我的心開始歌唱，也跟這個世界更緊密地聯繫在一起。

這一切都是你人生的未竟之地。你還有很多事情可以寫，這就是你對世界最具有創造力的貢獻；這是你的專業工作，世上只有你能做。

3 時時刻刻都有新題材

我們被文字衝擊：它們從報紙上掉落，沿著地鐵台階的上坡奔跑，自電子螢幕上閃現。它們熱切、激動、使人分心及眼花繚亂。文字附著於我們大腦的軟體組織內，但我們為什麼還要助長它們的數量？不如自我克制，讓這個世界上滿坑滿谷的文字少一點？

不，無所不在絕不是問題。

每天、每小時、每分鐘，世界都在變化。每時每刻，我們都會有新的感知、理解與表達。

寫作的人忙著前進，只要出現社會革命、科學進展或令人震驚的犯罪案件，墨水就會不停地流動。變化不只包含新事物：考古發現、機密文件公開、失蹤已久的手稿，從不同的視角重新書寫歷史，就會有源源不絕的作品。

這些變化不需要有新聞價值。「考古發現」是藏在櫃子裡的個人寶物；「機密文件」是你祖先的帳本；「失蹤已久的手稿」是你自己的童年日記。

只要我們還活著、還不斷在感知和吸收經驗，就絕對沒有理由不寫作。確切說來，此時的世界已不是剛才那一刻的樣子了。加進你的文字，總是會有新的東西要說。

4 小而美

你不用講述格局大的故事，它不需是你人生的代表作、大歷史或傳家之寶。你不用擔心自己的文字是否華麗，也不用擔心內容是否重要；一心想著要寫出大作，你就會寫得很爛，因為內容會充滿刻意美化的詞語。

寫作是一種練習，就像運動員暖身和畫家打草稿一樣，鍛鍊出寫作的肌肉後，還要維持它們的強度，而這需要規律的練習。

從小地方著手，想些無關緊要的事。

對於你所感受到的各種情感或想法，試著概括描述看看。古羅馬詩人卡圖盧斯（Catullus）在這首雋永的詩中深刻地寫道：

我恨而我愛。我為何這樣，你或許會問。

我不知道，但我感覺得到它在發生，也因此受盡折磨。

試著以第一人稱視角、現在式，將某件觸動你的事寫成饒舌歌曲；或是踏進ＩＧ詩文（Instapoetry）的世界，將某些重要的事情寫成簡短、直接、可以在網路上分享的字句。寫一首俳句，只用三句話來捕捉當下一瞬。

十七世紀的詩人松尾芭蕉向我們展示了小而美是多麼迷人而出色：

啊，寂靜無聲
滲入山岩深處
蟬鳴

5 行動是靈感的源頭

確定性的價值被高估了，模糊不是壞事。如果你的想法還不明確、沒有足夠的素材，請不用擔心。只要開始動筆或敲打鍵盤，細節就來了：

起初，靈感像一隻螞蟻。

就只有一隻。

然後，是另一隻螞蟻。

兩個微小的細節會讓你那些抽象的概念更有生命力。

然後第三隻螞蟻就來了。

持續寫（或乾脆做點別的事）。更多螞蟻出現時，最初的那幾隻會勾勒出一條細線，接著走進虛空中。不知不覺中，你的創作小世界忙碌了起來：螞蟻來來回回、辛勤地築巢，運輸系統也在穩定運作。

只要動筆，就會出現更多細節。最初的念頭會引出其他想法，正如螞蟻會放出費洛蒙吸引其他同類前來。

開始寫作後，眼睛和耳朵會更敏銳，更能感知到細節，而你的作品會更精彩。根據你的寫作計劃，你的感知力會跟著調整。

跟身邊的人聊一點你正在進行的創作，他們也許會寄給你一些相關的文章、網站和報導，進而成為你的靈感來源。你腦袋還本來只有幾隻螞蟻，但他人送來的螞蟻將成為你創作的生力軍。

然後是運氣。只要你有明確的寫作計劃，宇宙就會從四面八方丟給你重要的訊息——彷彿是為了你的故事而來，而且當中有許多事實及有趣的見解。有時，無意間聽到的字詞，彷彿是為你的詩而生的。創作的日子充滿了這些快樂的巧合，世事突然以新奇的方式連結在一起，你只要欣然接受就好。

只要開始動筆，這些巧合和連結就會出現了！

6

從新聞中找題材

很久以前，我報名參加了一個創意寫作的短期課程。平日下班後要趕到教室是蠻費力的，我經常遲到。老師交代的作業，我會嘗試完成，但不總是做得到。下課後，我們幾個學員會晃進附近的酒吧，繼續討論文學直到深夜。

課程結束後，我們決定在沒有指導老師的情況下持續聚會、朗讀作品並互相提供意見。

在首次聚會裡，有人分享他寫到一半的小說、有人分享他累積多年的詩集……但我什麼都沒有。

我需要老師為我設定寫作任務，還希望靈感突然到來（但並沒有）。我對其他同學應該還是有用處的，至少我可以提供意見。但一週又一週過去，我覺得自己不夠格，像個騙子。

最後我坦白說出：「我也想有作品可以分享，但不知道要寫什麼。」

那個小說寫到一半的作家對我說：「我記得你有一篇作業寫到外國風情，好像是義大利？聽起來很有趣，何不繼續寫下去？」

那正是我需要的。

一個明確的方向。

我找出那篇作業，並補上跟角色和場景等有關的細節，還去探索我的義大利血統。到了下週聚會時，我就跟同學分享這部小說的第一章。

那位作家同學後來出版了幾本小說，我們的聚會也還持續進行。我很感謝他給了我一個方向。

後來我將這段經歷告訴我創意寫作班上的學生。多年來，總有認真的同學跟當年的我一樣，雖然很有心，但不知道要寫什麼。

如果你也有一個聰明的作家朋友，不要害羞，請他給你一點提示和方向。

從新聞中找靈感也不錯。

選一篇令你印象深刻的報導，用它當作新故事的起點。不必忠於事實，自由地猜想其相關人士的動機，並探索事件的前因後果。你可以從某個人物的角度來看事情，也可以從全知觀點來看。想像一下，擊出再見全壘打的球員是多麼激動；罪犯的母親是多麼心痛；當然你也能想像自己是逃離動物園的猩猩。

猜想看看，在此事件發生的過程中，當事人跟旁人說了什麼、有何心路歷程，而親友如何見證一切。如此開展起來，這則新聞就會變成一首敘事詩、一部史詩。你彷彿能聽見當事人的自白、親友的八卦和預言，甚至連配樂都會在你心裡響起。

以真實事件作為故事的核心，想像力會加更自由。借用新聞報導的美妙之處在於，它已有開頭、中間和結尾，你只要發揮創意，設定故事的主題、人物出場順序、講述的視角以及形式，就可以變成一篇獨一無二的作品。

完成這個練習，你就再也不怕找不到題材。

7 珍惜當下

朋友遲到了，我不介意。我先到了咖啡館，口袋裡有筆記本。今天早上想到的零星想法，一直在我腦中揮之不去，趁我還記得的時候，趕快筆記下來。雖然不知道用處在哪，但就像放在儲藏室裡的東西一樣，誰知道這些想法哪天會派上用場。

然後我坐著觀察，並記下當下感知到的各種訊息，包括地板上漂白水的味道，以及薯條和咖啡交織的氣味，還有餐具碰撞時的噹啷聲響。女店員抬起手臂，露出白色內衣髒兮兮的邊緣，並引起收銀員的目光。外面，一隻棕色的小狗像紙袋一樣沿著人行道飛來飛去。

這些事情也許不重要。但此刻的覺察彷彿是一次冥想，讓我在這個令人分心、充滿干擾的世界安定下來。

我的一位日本朋友說：「一期一會。」意思是說，我們遇到某個人、某個經歷都是獨一無二的。當下是珍貴的，永遠不會再次發生。

成為寫作者，便能學會愛上這個珍貴的當下，甚至能欣賞生活中各式各樣的地獄。被大家視為損失的中間地帶和時間：塞車、候機、通勤……其實都是覺察和寫作的好機會。往後，即使是最熟悉和尋常的情況也會變得有趣。你會在細微小事中找到美感和愉悅：在公車上無意間聽到的玩笑中找到意義，在陌生人臉上找到無價的細節。你會更好奇、更有耐心。你的感知會更加強烈，永遠都不會感到無聊。

留意這一切。敞開心扉，迎接這個珍貴的當下。

8 外來者的故事可多了

定居英國後，我才能好好地欣賞童年時期看到的鳳頭鸚鵡和蜘蛛。但我是在澳洲長大的義大利人，算是外來者中的外來者。我的思維和行為方式有時與主流文化格格不入。我的腦海中滿是移民的故事，它們帶有異國情調卻又是我最熟悉的人事物。我有一張義大利臉孔和特殊的姓氏，但這沒什麼了不起的，就只是外來者的特徵。

外來者總是善於類比各地的情況，因為我們的認同不限於一個地方，而且到哪裡都沒有全然的歸屬感。我們有自己獨特的視角和距離感，才能在「本地人」和「外來者」之間取得平衡。

這不僅是地理名稱或所在地的問題，當中還包括文化和情感。在不同的生活和身分間轉換，就會產生不少故事。跨越國界、與家人離散，他們無止盡地穿梭在不同的地方，心境也不斷在轉換。過往也是異鄉，在掙脫束縛後，也許要面對一片荒野，但也許是仙境。

對讀者來說，局外人帶來的禮物可多了。因為我們總渴望去陌生的地方，以理解當地人與自己的細微差異，並擺脫刻板印象，讓自己更有人性。

許多在日常生活中看來不利的情況，包括格格不入、孤獨、裡外不是人……都可能是意外的優勢。對於寫作者來說，這種差異反而是創意的力量。

珍惜你的不同，擁抱你內在的局外人。

9

寫下你的熱情

幾年前，我寫了一個短篇小說，是根據我在筆記本上草草記下的一個夢。夢境大致上是這樣的：兩個長得很像甘迺迪的人上了實境節目，他們最後的考驗是在達拉斯坐上總統座車，而當中有一人會被暗殺。

在我看來，出名和被監控是一體兩面；但當時我還沒有想得很清楚，只是有這種感覺而已。我開始寫這篇小說後，才發現這不安的感覺是出自一種好奇心。於是我開始深入研究這個議題，用想像力來餵養這種迷戀。於是，我的角色長出來了，並具有生命力，這個因夢境而開展的短篇小說，最後變成了我某本小說的第一章，主題就是名人和監控。

你想寫什麼主題？你最重視哪些事情？

列出在你談話中不斷出現的主題，還有令你為之著迷的書籍、電影或藝術品，以及你所珍視的價值觀。除此之外，還有難以輕易解釋的事件、關心的政治議題，你一次又一次想起的那些人——家庭成員、迷失的靈魂、對你人生產生重大影響的人。

這些題材可能包括：

- 人物
- 事件
- 故事
- 想法、信念、理論、發現
- 關心的議題
- 你的出身、家庭、命運
- 你對自己和他人的希望
- 你的休閒活動、興趣和專長
- 當今的社會動向

明確且具體地列出清單後，從中挑一個主題寫寫看，讓文字自然發展。寫作會洩露出你的想法、感受和見解。若是寫著寫著就停下來了，就改去寫其他的題目就好。你也可以從隨機的提示開始；你的迷戀、執著必然會找到自己的出路。未經過濾地寫出你的熱情和不安，就能滌淨心靈、釋放情緒，令你感到寬慰；最終，再把它們濃縮成充滿想像力的作品。

在《心靈寫作》一書中，作者娜妲莉．高柏（Natalie Goldberg）提出這個很好的建議：

只要是你迷戀的事物就有力量，它們在你心頭繚繞，令你寫個不停，最終發展出新的故事。向它們屈服吧！你情願也好，不情願也罷，它們都會接管你的生命。不如你反客為主，讓它們為你服務。

10 請他人指教

無論你創作的是劇本、詩文、歌曲、短篇小說、推理小說或報導文學，都是人造物。你的某部分參與在其中，但那不是你。

想要創造出完美的作品，一開始就不能太輕鬆。不過，努力過頭會造成反效果，會讓人感到無能和脆弱。因此，哪怕你正在寫重大的人生故事和轉捩點，也不要把它想得那麼重要。

想像你在學習製作家具，在失敗的作品中不斷成長。你要學會畫設計圖，並選擇適合的材料。最初的作品應該不太牢靠，結構有待加強；表面太粗糙要多打磨和拋光；裝飾性的花紋也太多了。

旁人的指教能提升我們講故事的技巧，所以要我們保持謙遜、耐心。創作者還要有韌性，才能不斷從個人體驗中找到素材。我們應該勇於請教他人，看看文字是否需要打磨、結構是否需要加強。因此，作品不完全是創作者一人獨立完成的。

不過，當你把作品交給他人評論時，對方難免會拆解、用不同的角度評論它，而這部作品就不會回到原樣。但如果你希望有更多讀者，這就是不得不經歷的過程。

如果你只想孤芳自賞，就把作品放進上鎖的抽屜裡。這也沒有錯，創作本身就是一個目的。你創造一個東西，其中有你的元素，但又不完全代表你，這是多麼美妙的過程啊！

11

想像力就是你的超能力

「我沒有創造力，」很多人都會說：「也沒有想像力。」

不少新人作家、資深記者和學者都跟我提過這一點。他們認為編故事很難，所以只能記述發生過的事和已知的事實。

這時，我會問他們下週末要做什麼：有人要去看朋友；有人要參加家庭日；還有人要出國旅行。接著我請他們詳細描述這些活動：朋友的親人過世需要安慰；家庭日只有無聊的同事會來；這趟旅行要去政局動盪的國家，過程會很刺激。

看來這些「沒有創造力」的人想像力還不差，因為這些事件都尚未發生。

無需太多努力，每個人都可以想像出不同的情節場景：朋友根本沒來；一位迷人的自由接案者會出現在派對上；這趟旅行會促成一場不得不的職涯轉換。這個非常基本的練習提醒著我們，人類的大腦很重要，會預先設想後果、改變計劃、預測結果、想像不同的可能性。想像力保護我們的安全，甚至讓我們生存下來。

「未來」是一部充滿想像力的作品；「過去」也是如此。

想一想發生在你身上的重要事件；如實地描述這個故事，每一個細節都忠於事實。假裝這是法庭上的證人陳述，你不得作偽證，而律師會質疑你說詞的真實性；若是猜測與聽聞的內容，你都得特別註明，事實與感覺要有所區分。很快你就會意識到，有些事情是從別處聽來的、有些是你自己想像的。許多看似客觀的事實，其實是一連串的主觀印象、假設、模糊的記憶和感覺。

接下來，從他人的視角去描述這件事情，比如說父親或母親怎麼看待你的童年；或是班上同學怎麼看待你。想像一下前任情人會怎麼描寫你們的關係以及分手的原因。透過別人的視角，你所認知的現實便會有所不同。衝突、意見分歧，都是產生故事的好方法。

如果你的真實人生很悲慘，請把它改寫成喜劇或報導文學。如果你的學生時光或工作經歷很無聊，就把它講述成奇特的故事。如果你非常痛恨的前任情人，試著寫下他們令人同情的一面。

在大人們的勸阻、誤導和強迫下，許多頭腦好的人都放棄了自己的想像力（尤其是在高壓的環境下）。語境也是個問題，我們有許多思考模式都是從學校、家庭和工作場所承襲而來。

你得非常努力，才能挖掘出腦袋深處的創造精神，但你一定會有所收穫。事實上，想像力就像植物一樣；用陽光、空氣和水來灌溉，它就會生長得茂盛。這永遠不會太遲。

科學研究顯示，培養創造力就是在催生幸福感，這是一種交互作用：在你創造幸福感的同時，你的心靈會更加自由，因而變得更有創造力。

12

各種角色隨你演

改變或打破規則也能帶來創作的樂趣。在莎士比亞的戲劇中，出現過不少男扮女裝的角色，為了讓故事更有趣，這些「女性角色」又將自己扮裝成男性。這就是利用差異和相似性所創造出來的多重趣味，而其諷刺性在於一般人對於兩性特質的刻板印象。事實上，性別不盡然是二元的。

身分認同能創造許多樂趣。

珍妮・沃克（Jennie Walker）在二〇〇七發表小說《三的二十四日》（*24 for 3*），當年還差點獲得柑橘文學獎（Orange Prize for Literature，專門為了女性作家而設立）。後來大家才發現，這位女性作家沃克其實是男詩人兼出版商查爾斯・博伊爾（Charles Boyle）。

他的出版公司 CB Editions 出版了我的一部小說。我從他那裡得知，他喜歡以第一人稱女性視角撰寫私密的故事。文學探索超越了性別的限制。

他在自己的部落格中寫道，以筆名（珍妮・沃克、傑克・羅賓遜）來發表文學作品，能夠解放自己，並且「放下查爾斯・博伊爾這個身分，跟他必要的保持距離」。

在成長過程中，我們接到太多負面訊息，說你當不成某某某：

你不能成為芭蕾舞者，因為你的骨架太大了。你不能成為空服員，因為你身高太矮。你不能當背包客，因為風險太大了……你不能成為真菌、植物或礦物，因為你是人類！

胡說八道！

既然你是個創作者，就可以把自己化為會說故事的狗、未來世界的機器戰警、一百年前的極地探險家或者是一罐有感情的豆子。你可以成為任何一種人事物，只要你願意去成為一名創作者。

以下的練習能伸展你的寫作肌肉：針對你想要探究的角色，設想出七個跟他有關的人事物。比方說購物狂的採購清單、慣竊的藏匿處、戰亂流亡者的隨身物品、療癒師的聖物、律師用來指控罪犯的物證等。不管是囤積者、名人、乞丐、外星人、戰爭倖存者，都有屬於他們的故事。先用第一人稱來描述這些物件及其意義，接著再從物件的角度寫；然後使用第三人稱，從旁觀者的視角來描寫這個角色和物件。如此一來，我們就能得到三種視角與描述故事的方式。

13 珍惜寫作的自由

二〇一〇年，國際筆會（PEN International）之下的獄中作家委員會（Writers in Prison Committee）成立五十週年，而這個組織致力於在全球推廣文學。在此紀念活動中，筆會出版了五十位作家的生平故事，而他們都曾在某個關鍵年代曾遭受打壓。

當中包括烏克蘭物理學家伊琳娜・拉圖辛斯卡婭（Irina Ratushinskaya），這位人權鬥士當年透過地下管道出版自己的詩集，因此被政府判處在勞改營的服刑十二年。在被監禁期間，她仍繼續創作：在肥皂上寫詩。

還有越南作家阮志天，他被當局指控傳播「反政治宣傳」。雖然多次被捕和監禁多年，他還是創作了數百首詩，並將它們記在腦海中。是的，他逐字逐句、逐句逐行地記下自己的作品。在某段自由的日子，他認為自己無法熬過下一次的監禁，所以他躲開警察的監控，設法進入英國大使館，並將自己的手寫稿交給了英國外交官。

為了創作，這些獄中作家或蝕刻肥皂，或牢記在心，用血或果汁潦草書寫在碎片、洋蔥皮或衛生紙上。當他們出獄，能夠高聲說話時，仍繼續寫作——但政府當局通常會再次逮到他們，攻擊、破壞這個人身上殘存的氣力。

許多寫作者年復一年被打壓和噤聲，有一些人是知名作家，但有更多人默默無名、無人聞問。從另一方面來看，這世上最多產的作家便是「無名氏」。

對於你和我來說，寫作極其容易，因為我們有自由、筆、紙還有手機。沒有什麼能阻擋我們。珍惜並善用這份自由——寫吧！

14

揣摩蜘蛛的語氣

在莎士比亞戲劇的《仲夏夜之夢》中，木匠波頓被魔法所影響，所以變成了驢頭人身，他的朋友看到時便說：「老天保佑你吧，波頓！保佑你吧！你換了一個樣兒啦！」（Bless thee, Bottom! bless thee! thou art translated.）這是用古典英文寫的句子。有著驢頭的波頓也開始喜歡吃豌豆，說著驢腔驢調的話。

在一〇六六年，法國的諾曼第公爵征服了英格蘭，並改變了當地的文化。在此之前，英格蘭人想吃羊肉時會說：「推個凳子到長椅旁吃羔羊肉。」（Shove a stool up to a bench and eat lamb.）。後來法語並沒有取代英語，而是融入其中。征服者定居下來後，同樣一句話盎格魯—撒克遜人會說：「把椅子搬到桌子旁，好好品嚐羊肉。」（Push a chair towards a table and dine on mutton.）當中有新的文字，也有新的概念。

除此之外，英文中也有許多外來語：「甜蜜的生活」（la dolce vita）是來自於義大利語、「生活的歡愉」(joie de vivre)是來自於法語；而「幸災樂禍」(schadenfreude)是德語。

印尼人只用現在式語態說話，即便故事發生在過去；這就是活在當下的精神。有時我們也會用這樣的句型講古：「這年是一五六四年，莎士比亞出生的那一年……」(The year is 1564, and William Shakespeare is born.....)。英國人也會用現在式講笑話：「這個男人走進酒吧，點了一個『雙關語』。於是酒保給了他一個。」(This guy walks into a bar and orders a double entendre. So the barman gives him one.)

西藏人沒有任何形容情緒的詞，只有一個字，那是代表負面、毀滅性的情緒。我是從一位西藏僧人那裡聽到的，人們說他是好幾世的瑜珈士和伏藏師的轉世，是佛子的化身。西藏語當中還有許多細緻的描述詞，而且很多概念是無法翻譯成英語。

以下這段描敘，來自我出的一個作業：從昆蟲的視角描述一個房間。來看看這位寫作班的學生如何將讀者帶入新的文字世界。

> 八隻腳一起移動，停下、移動、停下，然後繼續移動。外面是濕的，而現在必須找到乾的地方。找到一個開口，一個小空間，走上前去，然後越過，往下來到光滑的地面。

腳用力穩住下降；停下，用眼睛感應。很亮，這樣不好，有利於吃八隻腳的敵人。於是我躲藏暗處，等待食物到來。

多次移動後，來到三面交會的硬天空。光亮消失後，這裡很適合織網取食。我停下來，感覺空氣的流動，這是靜止的。巨大的四肢動物出現，移動非常迅速，躺在柔軟的巨大海洋上。角落的黑色箱子突然發出光和聲音，但不熱。現在很危險，必須移動。

班上的每個人都安靜地聆聽，沉浸在孤絕而陌生的蜘蛛世界中。透過作者的描述，我們就能清楚掌握這個空間的大小，且無需任何測量的數據。我們用想像力填補空隙，以全然陌生的方式觀看熟悉的東西——天花板、電視、地毯。我們想要知道主角的更多意圖；八隻腳接下來會做什麼？會帶我們到哪裡？

這位寫作者解釋了他如何完成這篇作業。他不想走擬人化的路線，狡猾地偽裝成人類；這種寫作技巧已經充分展現在《動物農莊》、《柳林風聲》和《伊索寓言》中。他不想跟德語小說家卡夫卡一樣，描述人變成昆蟲時的意識轉變（《變形記》）。從昆蟲的角度出發，他反而發現有新的問題可以探索。

蜘蛛在哪裡爬行？牠認識自己嗎？牠如何看待窗戶和牆壁等結構？牠認識其他昆蟲嗎？蜘蛛會說英語嗎？當然，從人類的邏輯和敘事觀點出發，賦予蜘蛛說話的能力，這已經很不真實了。但也不必太過計較，創作本來就有不真實的一面。

作者盡可能地抽離自己，並減少個人觀點，以免讓我們迷失在最深層的蜘蛛空間裡。坦白說，他本可以寫下一堆獨白直到墨水用光。

他的文句不落俗套，簡短而俐落。他用形容詞和感覺來描述一切，以避免不假思索地說出人類的名詞。他拋下常見的描述法，而是揣摩蜘蛛的視角，帶著大家進入未知的世界。

每種語言都是一種世界觀和觀看方式，而不僅是表達的方法。你可以練習看看，記下房間裡放了超過十年的東西，或是輕鬆分析一件藝術品。表達情感的詞彙很多，但如果你作品中的角色個性比較就事論事，就需要調整用字和遣詞。這種練習需要專注和自制力：為了角色而限縮自己的筆觸，就能增進你的同理心和創作力。

15 寫作就像旅行

與農民一起深入田野和溝壑……我們坐在裝飾襯墊的華麗座椅上，前往受害者的內心深處，或觀看加害者的堡壘。我們與千年前的人們同處；在小行星上開創新的宗教。

寫作就像旅行，只是旅費更便宜而且沒有邊境管制。正如張戎的《鴻：三代中國女人的故事》帶我們走進中國；這是一趟地理之旅，但這也是一次心靈之旅。

在印度小說家納拉揚（R. K. Narayan）的《黑暗的房間》（*The Dark Room*）裡，受虐的主角總是躲進房裡默默悲傷，雖然她想逃離這一切，但終究只有那裡可以避難。在《喬凡尼的房間》（*Giovanni's Room*）裡，美國作家詹姆斯・鮑德溫（James Baldwin）創造了一個實體空間，而它也象徵著主角的靈魂深處。對於《深夜小狗神祕習題》的主角來說，一輛普通的通勤列車就是要展現勇氣的新世界。在阿蘭達蒂・洛伊（Arundhati Roy）的《微物之神》(*The God of Small Things*)中,主角回到印度就是回到了童年。

伊莉莎白・吉兒伯特在《享受吧!一個人的旅行》一書談到,她待在羅馬時,最喜歡的一句話就是:「我們走過街吧!」(attraversiamo)在繁忙的街道上,能穿越馬路是多麼令人安心啊!對她來說,這句話還更重要的意義:轉變心態、跨越障礙。

這正是寫作的好處:用文字跨到另一邊。你也許將不懼怕死亡,也更能理解過往的經歷。你將學會擁抱愛與脆弱的一面,也會去探究你好奇已久的自身文化背景。你還會發現社會中令你激動的面向;還有你自信、有趣以及想隱藏起的一面。

16 滿足你的求知欲

你都還沒死，怎麼能書寫死亡？又怎麼能書寫未來？有句格言這麼講的：「寫你知道的事。」創意寫作的學生經常收到這句告誡，也都誤解了它的意思。崇信「方法演技」的演員不必為了理解兇手的心態而去殺人；作家不必為了要寫分娩而去懷孕。個人的體驗當然會影響作品的深度，但你不必真的成為筆下的人物。

但我們能知道什麼？

作家安妮・普露（Annie Proulx）喜歡去新地方探險，蹲下來四處挖寶；她還喜歡出入小店，購買大量關於農業、當地歷史、買賣記錄、狩獵工具等等的二手書。她會從街道路標、菜單和廣告中抄寫文字。她到處閒逛、吸收路人的對話內容，留意他們的說話模式、使用的方言和關心的話題。很快地，她就能了解當地的風土民情。當她下筆開始寫，故事就有機地形成了，彷彿是從土裡生長出來一樣。這就是她的研究精神。她寫自己所知道的事情，但在苦心做功課前，她一無所知。

去研究一座大山的各種知識，就可以把一座小丘寫得好。自由地選擇題材，就能寫出有創意的內容。除此之外，斷捨離也是必要的。發現新知識當然很有趣，能為自己的生活添加樂趣，但你還是要兼顧劇情的流暢度、為讀者保留想像的空間，不要一下子倒出太多訊息。

每次我開始新的寫作計劃時，不論是虛構或非虛構的，對內容都不夠了解。我寫我想知道的東西，但是——（深呼吸）——我也寫我原先並不知道我想知道的東西。總之藉著寫作，我認識、投入並珍愛新的世界。

用書寫來發掘你想探索的領域。

除了吸收新資訊，提問和探索還有其他附加價值：能讓我們變得更快樂。研究顯示，探索和發現新事物時，大腦會釋放多巴胺及其他令人感到開心的化學物質。好奇心能提升正面積極的態度，反之亦然。

17 收集素材是與人交流的好機會

有次我要創作一部小說，而場景設定在美國，但我犯下各式各樣的錯誤和假設。為了讓角色對白和故事走向合情合理，我得多做研究，以了解美國的政治與歷史，以及其不同文化和社群的細微差異。

一直在寫虛構故事的我，總是沉浸於各種書籍和網站中，但我意識到該去達拉斯一趟，看看甘迺迪總統遇刺的地方，接著再去底特律，當年總統所乘坐的豪華轎車被安置在當地的博物館裡。之後，我還得去拜訪研究政治暗殺以及基本教義派的專家。

當時我已經開始動筆，角色與劇情已有所發展，所以不能用觀光客的旅遊行程去做研究。我得馬不停蹄地從達拉斯開車到底特律，並且避開旅遊指南上會出現的地方。這是一次盲目的旅行，因為對我筆下的角色來說，這條路線上的地點都是陌生的，也沒有任何大城市和名產。這是一條不知從何而來的道路。

我想從這個角色的視角去觀看和感受這段旅程。我需要第一手的體驗，包括看到陌生的風景、感受天氣的變化、隨機入住汽車旅館以及憑直覺挑選餐廳。我想多了解當地人及其互動方式，近距離觀察貧困艱苦但無人報導的偏遠地區。

如果不是為了寫小說，我應該可以單純享受這趟旅程。但這不是一次沒目的且不經心的漫遊，而需要專注力和敏銳觀察。我做筆記、拍照、收集微小的瑣事；每個細節都可能成為故事中的大小元素。雖然旅程中只看到普通的事物、日常的互動，沒看到著名的地標或奇觀，但卻充滿啟發性，令我印象深刻。

不管是平凡或非凡的經歷，都有其力量，只要你不是旁觀者或過客。勇敢地與陌生人交談，讓他們知道你正在做研究和寫小說，請他們分享自己的經歷。人們都喜歡被重視、被傾聽的感覺。這些交流不只對你的作品有幫助，還豐富了你的人生經歷，提升你的想像力和同理心，也更加理解他人。

若你正在寫一篇犯罪小說，那不妨去法院旁聽或去參訪監獄，或去採訪法醫、犯罪心理學家、罹難者的家屬或殯葬業者。身為寫作者，你就有機會去以前未曾想到的地方，並獲得不可思議的經歷。

你既是熱愛寫作的研究者，也是熱愛研究的作家；求知欲與創作欲能結合起來，兩者互不相衝突。

不過，做研究也會變成冠冕堂皇的理由，讓你能逃避寫作，而不用再假裝要去洗碗或遛狗。如果你放任這種傾向，就會不知不覺地收集一堆資料，如果你真的想成為研究者，這很好，但如果你想寫完一篇故事，那就不太妙了。

寫作和做研究要攜手並進：一點點地產出、一點點地吸收。有時你會摸索一段時間，跌跌撞撞地找不到頭緒，但你隨時都能回到中斷點，修正、濃縮或增添細節。

你可能會感到氣餒，覺得自己知之甚少，而要研究的資料很多；在有下筆的把握前，搞不好你就會想放棄了。

再次強調，絕對不要讓缺乏相關知識成為你寫作的障礙。尊重你要寫的題材，多多閱讀相關資料。根據你所設定的場景，你需要出外走走、進行短程的旅行，也最好去徵詢專家的意見，包括冶金學家、真菌學家、消防員、退伍軍人、鐵道迷……讓你的故事更有內涵。當然，一定會有人拒絕你的採訪，但不要感到氣餒，總會有人樂於跟你分享生活中的知識，他們的見解能激發出你的靈感。你會先設定好一些問題，但總會出現你意想不到的答案，並把你的寫作帶向有趣的新方向。令人欣慰的是，這些人應該也願意在你的作品完成後，協助你校對相關的段落。

做研究能點燃我們的熱情，讓我們發現人生的無限美好之處，而且過程一定比你想像中的還簡單。

只要投入心力，你就會遇到一些有趣、喜歡與你交流的人，還會發現許多人事物的細節和差異非常有趣。此外，你還能感受到普遍的人性。

18 揮霍文字

文字不花一毛錢，每個人都負擔得起。

霸凌文字，它們不會反擊；你可以給一個名詞三份全職工作，它不會抱怨或辭職。詩人因為喜歡剝削文字而惡名昭彰。文字會透漏許多跟你有關的祕密，你無需付錢去找靈媒和心理醫生。文字的笑點是你始料未及的。你像就溺愛孩子的父母一樣，對筆下的文字感到驕傲自豪，而且它們不會造成你經濟上的負擔，只是你得度過不少難以成眠的夜。

你可以不斷地將文字重新排列成不同順序。你可以跟文字玩遊戲；當你成為孤寂的隱士和寫作者時，它們是最佳玩伴，而你是它們最好的朋友。

在莎士比亞的劇作《理查二世》中，某個角色談到，被流放的痛苦在於：

我被放逐了，
我運用了四十年的語言，
祖國的語言……離我遠去。

很真實吧！在這裡，你可以聽到作者內心的恐慌，而他筆下被放逐的人物，深怕永遠失去會語言與認同感。被趕出英格蘭就像被判文化上的死刑一樣；失去文字，你就失去了整個社會。

被廢黜的國王在地牢中喃喃自語：

我一直在思量，要如何把這座
囚禁我的監獄，比作現實的世界：
外面熙熙攘攘，全是人，
但在這裡，除了我，不見一個人影。
怎麼相比呢？我得琢磨出個辦法。

「琢磨出個辦法」(Yet I'll hammer it out),其實這也是作者想講的話。他讓這個隱喻發揮作用,讓讀者去發現其中的雙關語。這招確實奏效,理查用文字填滿了他的牢房,若不是刺客的到來讓他永遠陷入沉默,他會一直無止境地玩弄文字。

對寫作者來說,這是一堂課。即使你濫用或浪費了下筆的第一句話,也要繼續揮霍下去。奢侈一點,準備狂歡和揮霍。你使用的文字愈多,就擁有的愈多。它們是無限的資源,所以你不必有罪惡感;讓自己盡情地放縱,狂歡吧!

你的目的很簡單:毫無節制地享受文字的樂趣。

不用科學證據你也知道,這對培養生命力和生產力是多麼珍貴。

19 揮霍想像力

要在電影中創造出飛車追逐的場景或可怕的怪物，就必須考慮許多技術面的情況：工作人員的保險、特技人員、電腦特效……還有驚人的預算。也許撞壞兩、三車就夠了？可怕的怪物聽得懂人話嗎？這些細節會影響改變故事和劇本的走向。

想一想，用一首詩或一篇散文召喚出怪物就容易多了。只要打在電腦上，不用請道具師製作模型、不用花錢製作昂貴的電腦合成影像、也不用聘請專家來確保演員和工作人員在拍攝現場的人身安全。

別管預算了，寫作不用花錢，滔滔不絕是最便宜的活動。盡情發揮你的想像力，把夢想造得更宏大、更遠闊、更天馬行空。

20 勇敢寫、大膽刪

在威廉・高汀（William Golding）小說的《蒼蠅王》中，一開場，拉爾夫在環礁湖邊遇到也被困住的另一名小學生，這位可憐孩子說他的綽號叫小豬……

從高汀一頁又一頁精心撰寫的手稿來看，這本小說原先的開場，是一台「擠滿了很多孩子」的飛機在原子戰爭中被襲擊，接著墜毀在島上。這個漫長的敘事最後被捨棄了，取而代之的是充滿戲劇張力的篇章，儘管劇情的設定仍隱含在故事中。

被捨棄的文字並沒有浪費。

創意寫作是個迂迴的過程，有時你需要寫出A和B才能抵達C（在你預期之外的劇情發展），然後再回過頭去捨棄掉A和B。偶爾，你會因此碰觸到故事的真正核心。你必須大膽地刪掉已完成的書稿或段落，也不要覺得原先的努力是浪費時間或腦力。在它們的帶領下，你的文字、文句和想法點點推積起來，最後抵達作品真正的開場。

我也不太敢亂刪，所以建立了一個資料夾存放草稿。它的數量一直都在增加，裡面有很多東西：我努力寫出的段落、我迷戀的優美字句、我已修整過頭的篇章。一堆角色躺在我的草稿資料夾裡，準備要從死裡復活。但你猜怎麼著？其實我從不回頭檢視那些丟掉的東西。

有位要好的作家朋友讀了我上一部小說的初稿，他說感覺上像是兩本小說；太多的視角、太多地點、太多年分。這本書需要動大手術，但我對自己創造出來的作品已經有感情了，所以需要冷靜一下，以恢復清晰的思路。

過了一段時間後，我把整本書印出來，並找出時間閉關閱讀；我決定不拘泥在小細節中，而是從大方向來讀。我閉關了整整一週，讓思緒不受外界干擾。我發現需要捨棄大約三分之一的篇幅，於是我刪掉了開頭幾千字、還有結尾三萬字（當中有我辛苦收集的材料以及編修的句子）。對於剩下的文本，我還得調整結構；有些篇章需要更多的研究，或是要補上其他段落。這一切來得比我想像中容易，彷彿成品一直都在那裡等著。

完成所有的「手術」後，有個稍微殘酷的畫面在我腦海中浮現。

我想著雨林如何進化；某些植物只有在其他植物開花、完成使命並死亡後才會出現。各種植物在不同的階段相繼生長、一一結果。

沒有什麼是浪費。

多刺的灌木植物、智者的話、錯誤的開始、熱身、打草稿、很久很久以前……讓它們成為土壤、創造出滋養的環境，為新作品的萌芽和形成創造出適合的條件。

雖然這裡談的是寫作，但也好像是一種生活哲學。

21 寫作是最極簡的活動

許多藝術都始於一些陽春的器材：動動手腳，找出可以改裝和加工物品，試著吹奏或敲打它們，然後在上頭做一些記號。但寫作的工具更陽春，即使你正在寫大部頭的《戰爭與和平》。寫作是如此簡單的技術，甚至稱不上是一門藝術。

你不需要表演空間或觀眾，也不需要窯爐、熔爐、工坊、職人課程、高階的電腦。不需要珍貴的顏料，也不需要冷壓製作的高檔紙。你不需要用椴木和腸弦製成的樂器，也不需要繁複的技巧和高超的發聲技巧。鄰居也不用忍受你的噪音；寫作的過程大多很安靜。

你唯一需要的勞動力就是你自己。

你唯一需要的技術是書寫工具（用電腦很好，但有紙筆就行了）和可以書寫的檯面。規律地、有創造力地、專注地動用你的勞動力以及寫作技巧。

你所需要的就只是這些。

22 小心拖延症上身

英國喜劇演員彼得・庫克（Peter Cook）講過一個笑話：某人在派對上跟人吹噓說：「我正在寫一部小說。」另一個人回：「真的喔？我也還沒寫完。」

拖延症是創作者最偉大的才能；拖越久、無限多的想法也源源不絕而出，就像恆河的沙粒、大海的水滴。

我們都在等待完美的時刻降臨：完善的寫作綱要、明確的排程、房間先整理好、穿上舒適的衣服、迎接高貴的繆思女神。

只是紙張和螢幕上始終一片空白。

微拖延

洗碗、找朋友、整理文具盒、剪頭髮、澆花、瀏覽新聞……

工作煩惱、心情不好、朋友邀約、家人聚餐、擔心寫不好——生活中有各式各樣的藉口。承認吧！不要再說自己一無是處，其實你有拖延的天賦。你是拖延大王、破紀錄的逃避冠軍、蹉跎光陰的大神；請你面對自己的天賦。

接下來，你最好自廢武功。就像那些戰無不勝的武林高手一樣，他們不會輕易洩漏自己的絕招，不讓對手知道自己的意圖。

重度拖延

時常有人說，自己退休後的夢想是「寫出一本小說」。這帶有人生意義的拖延，比日常的拖拖拉拉更嚴重。

對於這樣的人，我總會說：「為什麼要等到那時？現在不做的原因是什麼？」

你有方法、動機和機會（但我不是要叫你去犯罪）。

你不需要昂貴的器材（只要有文具跟桌子就夠了）。

你總能抽出時間（早睡早起、少滑手機、少看電視……）。

你很喜歡這麼做（享受天馬行空的想像時光）。

而你現在還活著（人生無常）。
不要把今天能寫的東西拖到明天。
動筆吧！就是現在。

23

告別拖延症

不少人身上連毛孔都會散發出拖延的氣息，這裡有一些也許有效的補救措施。但一旦出現討厭的副作用（如寫作瓶頸），請先休息一下。

參加寫作班

不論是正式攻讀學位或是報名短期課程，你都能獲得創作專家的指導，並與同學切磋交流，以此磨練你的技藝。做中學、學中做，觀摩他人的經歷，你就能驗證寫作方法的成效。同學會跟你分享自己的創作經驗，並給你一些你建議。完成老師指派的作業、加入討論小組，你的技巧和信心就能慢慢提升。對於孤單的拖延者（尤其是創作者）來說，課堂和作業是非常珍貴的。

培養習慣

找出你能自由寫作的時間，比如每天半個小時，規律地產出一些文字；這是一種習慣，一種節奏。在行事曆中空出一段時間，不能再安排其他事。重視對自己的承諾，並讓其他人知道這時間你已有所規劃了。你的創意會愈來愈多，只要一坐下，就自然會進入寫作狀態。如果一開始寫得不太流暢，就要先克制住分心的衝動，讓自己先坐下來醞釀一下。

暫停一下

暫停一下。做一些能培養專注力的活動，像是冥想、瑜珈、太極、游泳、跑步或走路。

暫停一下。找個能好好寫作的地方，最好不用與人交談，也不會讓人分心，最好是當地的圖書館、咖啡館或家中舒適的角落。我有位作家朋友，只要戴上耳機、播放某部電影的配樂，就能進入寫作狀態。

暫停一下。來個寫作假期，找個平靜安心的地方，有同好也好，自己一人也好。

暫停一下。關掉3C產品，尤其是電子郵件和社群網站。如果你只有蚊蟲般的意志力，請採用防止分心的特殊工具，比如網路管理軟體。我有位記者朋友在寫作時會把路由器放進保險箱裡，時間到了才准拿出來。

暫停一下。戴上耳塞、眼罩，在房間門口掛上請勿打擾的牌子，讓自己休息一下。

設下截稿日

創造力時有時無，定下完成的時間和日期，才能得出具體的成果。如果你跟他人有約定必須交出作品，那麼你的截稿時間就得更清楚。對自己做出承諾就夠了，比方說我每天睡前都要寫作半小時、每週會完成一篇兩千字的散文、在生日前會完成初稿、要參加文學獎、要在年終前交出社區活動的報導……

英國作家道格拉斯・亞當斯（Douglas Adams）說：「截稿日的吸引力在於，它們飛逝而過時，會發出呼嘯而過的噪音。」

找個夥伴

夥伴可以幫助你完成健身計劃、戒掉壞習慣，你看到他正在努力，自己也會燃起鬥志。對方要屈服的時候，你能激勵他堅持下去；在你準備要放棄或認輸的那一刻，他就是你的良知。你不想讓他們失望。找個和你一樣認真的寫作夥伴，而他最好能認同你的原則與條件，陪你堅持下去。

參加寫作小組

寫作小組有各種形式，如線上和實體；地點也任你挑：酒吧、咖啡館、活動中心、成員的家中都可以。有些團體有特定的任務，比方說創作劇本；有些團體則會按時更換主題。有些主辦人比較有條理，但有些聚會形式比較鬆散。我自己的寫作小組每週會挑一天在下班後聚會。每個成員都會朗讀自己正在創作的片段，也會集思廣益、互相給點意見。我朋友的寫作小組是每個月聚一次，用一整天的時間來討論一位成員的作品，所以大家得事先仔細閱讀並做好筆記。找個適合你的寫作小組，或自己創立一個。

24

躲在鍵盤後面也沒問題

你會害怕發表作品嗎？你討厭成為關注的焦點嗎？許多人都羞怯於面對鏡頭，不喜歡對外發表言論。我認識一位作家，可說是個表現狂，他的小說內容很有爭議性、用詞大膽又滑稽；但在現實生活中，他總是縮著身子喃喃自語。許多作家寧可像浮雲一樣孤獨漫遊，或隱躲在閣樓裡，不願站在聚光燈下。

不是每個作家都會成為文學節上的焦點。即便他們是主角，也只是為了讓大家聚在一起，一同體驗大腦的創造力，而不是欣賞發達的肌肉或美貌。作家再怎麼聲名遠播，還是可以自在地走在繁忙的街道上，但不會被粉絲或狗仔隊騷擾。你一定記得《沉默的羔羊》主角漢尼拔有多可怕，但一定不知道其原著作者湯瑪斯・哈里斯（Thomas Harris）長什麼樣子。

從文學史來看，名作家都有隱形斗篷。珍・奧斯汀在世時只能用匿名出版小說。瑪麗安・艾凡斯（Mary Ann Evans）也知道，她要變成男人才有人要出版並認真看她的小說，所以她便化名為喬治・艾略特。英國作家迪克・弗朗西斯（Dick Francis）原來不是一個人，而是一對夫妻；先生是理察，而妻子為瑪麗。至於《那不勒斯故事四部曲》的作者艾琳娜・斐蘭德（Elena Ferrante）則完全隱瞞身分；她從寫作生涯一開始，就決定要遠離世人的目光。

你也有一件隱形斗篷可以穿，那就是正職工作。

我某位詩人朋友的正職是裝潢師傅，從畢業後就一直做這工作。他在打底、使用磨砂機、貼壁紙、刷油漆的同時，也在思考他的寫作題材和內容。他在下班後寫作，也隨身帶著一本筆記本。

你未必聽過這位裝潢師傅的名字，儘管他的詩已經出版了。但你應該知道，美國作家華萊士・史蒂文斯（Wallace Stevens）是保險公司的副總裁；卡夫卡是律師及保險公司的員工；俄國作家安東・契訶夫（Anton Chekhov）是位醫生。

在這個網路蓬勃發展的時代，隱形斗篷更是隨手可得，任何創作者都可以躲在鍵盤後面。不用擔心，害羞又孤僻已經不是障礙了；內向有助於創作，而孤寂有助於專注。

雖然世界一直在製造噪音、追求速度，但你要尊重內心安靜的力量。保持耐心和害羞的一面，但不要羞於寫作就好。

25

既然沒人會看，更可以放手寫

在每個人的家裡，都有無數的書本在積灰塵、佔空間。你的作品只是滄海一粟，這個世界不會屏息以待你的大作。地球暖化問題也不會因你的劇本而得到解決。你的職業不像外科醫生、消防員或士兵那樣，是攸關生死的工作。即使你寫出史上最偉大的小說，也可能沒人會讀，更不用說花錢買它了。寫了二十本書，那又怎樣。

沒有人真的在乎。

這令人沮喪嗎？不，這令人感到自由。

現在你可以自由自在地享受這趟旅程：

探索不同的領域；培養紀律；努力前進；陷入焦慮與執迷中；面對挫敗；保持專注、培養毅力；得到洞見與靈感；反覆修改；發現新觀點；體會孤寂；東拼西湊；完成目標；得到幸福感；圓滿與遺憾的感覺。

那些對他人來說討厭又微不足道的細節，都是你的珍寶。

總之，你的作品對世人一點都不重要。

這令人沮喪嗎？不，你應該感到興奮。

26 創造世界和平

有位作家朋友說，為了創造或找尋意義，有些人去信教，有些人生孩子，但兩者她都沒有。

「我寫作，」她直截了當地說：「它不一定能帶來人生意義，但少了它我不知道自己還會做什麼。」

像她一樣，不寫作時，我會感到無所適從，好像沒有感受到完整的自己。

這就是所謂的「寫作令人上癮」，然而，跟其他的癮頭不同，多多寫作有益身心。除了久坐的問題外*，寫作沒什麼副作用。我們用它來表達自己的情感與美感，還能療癒心靈、培養韌性。

* 久坐不動會導致屁股痛、血液循環不佳，類似的職業傷害還有女僕膝。

除了身邊的環境，寫作讓我們接觸更廣大的世界。

在閱讀和創作故事的過程中，我們更接近他人的生活。了解不同文化的核心，就能更有同理心、更了解人性。從他人的角度來看事情，你就比較不會去傷害他們。在這條道路上，我們更懂得理解、關懷他人，進而促進世界和平。

南非視覺藝術家瑪琳・杜馬斯（Marlene Dumas）寫得很精闢：「整個世代的人都活在軍事對抗的文化中，一天到晚只想著敵人的可怕樣子……而藝術，就是一種與敵人共枕的方式。」

寫作當然有意義，它能打造和平的世界。

27 大量閱讀是第一步

在早先幾個世紀裡，有抱負的視覺藝術家要上的第一堂課，就是臨摹大師的作品。學徒耐心地在他們最景仰的藝術家工作室裡學習，或自己揣摩其風格；一筆又一筆地描出髮絲縷縷和閃閃微光。知名藝術家的活動規模和範圍因此增加，默默無名的初學者也找到工作機會，最重要的是，後者有機會深入了解技術、理論、專業知識以及自己的潛力。不過，有些學徒不喜歡聽從簡單又重複的指令，而是渴望展現個人特質。歷史上有許多學徒憑藉自己的能力成為大師，他們吸收、接受甚至反抗前輩的指導，接著發展出獨特的方法。

身處在某種語言環境下，接受他人的耳濡目染，你就更會使用這種語言。寫作也是如此。多多閱讀，浸潤在文字的世界中，你就能吸收和拆解其語法、句構、意識型態及思想。

多多閱讀，觀察作者如何提出論據、鋪陳故事並創造出情感的氛圍。揣摩你喜歡的長篇文章，深入了解你喜歡的作家及技巧。最好用手寫，雖然會減慢速度，這樣你才有時間思考作家的意圖，並深化你的寫作能力。在這段日子，你會像自己崇拜的英雄那樣瘋狂寫作。這很正常，你會熬過這段時期的。美國作家威廉・福克納（William Faulkner）的第一部作品充滿詹姆斯・喬伊斯（Joycean）的色彩，可說是對這位愛爾蘭作家的致敬。但他很快就渡過這個模仿階段，找到了自己的聲音和憤怒。

閱讀對寫作有益，這可以刺激創作者的腦袋，讓他獲取更多知識、提高理解力與講故事的技巧。這不是我的猜測。在一篇具影響力的論文《閱讀對心靈的好處》中，教育專家坎寧安（Anne E. Cunningham）和心理學家斯塔諾維奇（Keith E. Stanovich）經過多年的深入研究後，他們得出結論：「在心智發展的過程中，天賦不是唯一的關鍵。經由大量閱讀，人們對語言的理解力就會提高，於是變得更聰明。」

對創作者和讀者來說，這份研究應該能鼓動大家的熱情。小說家翟若適（Carl Djerassi）也是開發口服避孕藥的化學家。我在大英圖書館聽過他的演講，他說得簡單而有力：「唯有閱讀才能成為作家。」

親愛的讀者，接下來就看你的了。你知道該怎麼做。

28

像海棉一樣

在字典裡，海棉（sponge）這個字相關的意思有：

一種無脊椎的動物，通常是中空多孔的、雌雄同體的、柔軟且固著。

一種多孔材質。

酗酒的人。

吸收他人慷慨的人。

一種蛋糕。

除了蛋糕，其他都跟創作者有關。

那麼，要怎麼製作完美的海棉呢？嗯，閱讀是很好的開始。多閱讀、多吸收，就能點燃寫作的動作。但你不只要吸收文字，還要接收外界的訊息、變得善感又能吸引他人的興趣。總之，海納百川，讓自己變成寬闊、多孔的存在。

投入文化活動，就能拓展海棉的體型。看電影、上劇院、寫影評和劇評。參觀博物館、參加閱讀團體、新書發表會和主題講座。去有啟發性的地方，也去沉悶的地方；做研究、做筆記、多上課多學習。

好的，以上這些都是次要的活動。

接著才是主要的素材：人生。在無數的人身上學習。每個人都會以大大小小的方式與你的人生產生交集。你不像他們那麼有趣。他們身上有許多故事，還熱愛足球、烹飪或貝殼。不要主動發表意見，這樣他們才能暢所欲言，飢渴似地傾聽他們談話。理解他們的手勢和表情、接受他們的論點、從他們的角度看事情：無論是對於旅遊、政治、海洋生物或蛋糕的看法。

想要成為優秀的小說家，可聽聽尼采的建議（他稱之為食譜，也許他也喜歡蛋糕）：

別說什麼天才、與生俱來的天賦……創作者要不懈地多認識各種人的類型與性格，並試著描述它們。首先，我們應當整理出事物與他人的關聯，並且傾聽對方的經歷，睜大眼睛和耳朵，留意在他們身上產生的效應。我們應當像畫家或服裝設計師那樣到處旅行……最後，我們應該主動探索人類行為的動機，蔑視指引它們的路標。總之，創作者總是日以繼夜地在收集事物。

也許作家都有收集癖吧！

29
練習比天賦更重要

「可是，創意寫作是可以教的嗎？」

很多人都會皺著眉頭、語帶懷疑地問我這個問題，覺得這肯定是不可能的。他們的假設是，天賦、想像力和文筆是無法學習的，只能說是與生俱來的。

我不這麼認為。

寫作是一門技藝，就像製作面具、陶器和家具，只要學習就會有成果。別讓任何人動搖你的信念。

在課堂上，我總是強調寫作的技巧性（而不是教你用它來賺錢）。天賦或想像力當然沒辦法教，但總有方法能培養；有時候它們只是被習慣、工作或對失敗的恐懼給壓制了。

我一再強調，任何技藝，只要練習得愈頻繁，就愈擅長。參加寫作課是個很好的開始，但要持續練習，不斷地思考、書寫、編輯和閱讀；堅持不懈就對了！

當然，練習的過程總是跌跌撞撞，不一定會有所進步。有時你在這週感到遊刃有餘，但到了下週卻充滿挫折感。這跟你的情緒以及其他生活事務有關。不管是靈感充沛或是遇到瓶頸，你都能保持一樣的水準，讓生活的高低起伏不在作品中留下烙印。有時你能把對話寫得流暢又充滿亮點，片刻之後卻卡住了，無法將故事的情節發展下去。多多培養寫作技巧，就可以順利連接所有的內容。

關於寫作，沒有正確或錯誤的答案，也不像邏輯那樣合理或必然。相關的意見很多，但沒有什麼是好、壞或真理。重點是，寫得愈多，就會寫得愈好。

試著每天寫一點東西。並請將以下這四個P視為座右銘：

練習（Practice）

耐心（Patience）

堅持（Persistence）

進步（Progress）

30

多寫廢文無妨

我們文學掛的人比較敏感，也總有某些抱負，但沒有把握實現，所以空白頁才會以其完美之姿擊敗我們。多做多錯。我們總擔心自己寫得不夠好，尤其是不夠有獨創性。它就像老舊的木屋，地板嘎吱作響又會漏水，不會有人想走進來。

那又有什麼關係。

寫作練習對你有好處，因為它們對他人並不重要。

你可以自由地練習和玩耍。

以下一些建議可以幫你抵抗奸詐和有害的拖延症：

1. 不要害怕犯錯，有嘗試就是好事。
2. 目標在於合格；夠好就達標了。

3. 演奏樂器的時候，它會教你應該知道的事情。
4. 如果你在猶豫是要瘋狂還是守規矩，那就瘋狂吧！
5. 規範太多的話，你就是在寫論文，而不是創作文學作品。
6. 來到十字路口，若不知道該往哪裡走，就隨興選一條，就算是錯的方向，也總好過停滯不前。
7. 勇敢刪掉寫不好的初稿。
8. 你不是莎士比亞，其他人也不是。
9. 當你說出「我不在乎別人怎麼想」的那一刻，創造性的自我就被解放出來了。
10. 寫得愈多，就會寫得愈好。

試試這個令人愉快的練習：寫廢文，盡可能地寫，直到一字一句都用完。

31

有點缺陷的作品才有趣

素人創作、低成本電影、同人小說……依學院標準來說，這些作品並不完美，卻能打動觀眾、令人愛不釋手。為什麼？這些作品充滿真摯的情感，我們得以離開日常的軌道，並進入創作者的世界中。

你比較喜歡哪樣的作品？跳脫框架、含有不少另類的想法；或是遵循所有寫作規則、結構良好？我對「完美」的藝術作品比較無感；它們符合各種美學上的條件，令創作者和推廣者都很滿意。它們太過耀眼，反而讓我感到被排除在外。我寧願看一本有瑕疵、大膽、有獨立精神、敢於冒險的作品。

莫札特如此評論過自己的協奏曲：出色、華麗、既不困難、也不簡單、令人愉快，但他擔心「不夠貧乏」，也就是缺陷太少。

我很著迷於這種想法，我認為這是脆弱的另一種說法。

不完美才美。

首尾連貫、結構完整、文字老練、敘事流暢的作品，反而會讓我們分心，而不是專心閱讀。

擁抱你的脆弱、寫出漏洞，讓人們走進你的世界。

32

永遠當個初學者

創作者永遠都是新手，所有人都一樣，無論是在寫第一部劇本還是已經完成一百首詩。

我的太極老師常說：禪心、初心。這是追求成就時的心態；就算你經驗老道，也要假裝自己一無所知。心胸開闊，才能接受新知。

學校課程是以制式的教學內容和成績為依歸，但創造力無法在這過程中予以衡量。投入藝術活動，目標是進步而不是完美。哪怕你已積累了一些人生經驗，也已花了一萬個小時在寫作技巧上，但每一次創作你都是在創造新東西；所以你永遠都是新手。

創作的世界裡沒有黑帶、軍階或級職，沒有高下、新來後到之分。每個創作者都能享受開啟新題材的趣味。

33

創造時間和空間

創意寫作第一步，就是創造時間和空間。

時間：規律、充裕、能反覆琢磨的時間。
空間：舒服、方便書寫、你個人專屬的位置。

兩者加起來：超強的寫作力。

PART 2

實地操作

進入實作的階段，就要培養更多主動而複雜的技巧：
提升專注力、隨時補充能量、精進技藝、
校準修詞、培養紀律、欣賞生活。
我將帶你深入了解相關的方法，
有些是文字上的功力，有些關於想像力。

The Happy Writing Book

Discovering the Positive Power of Creative Writing

34 失敗為成功之母

任何創作都有失敗的可能。如果你每天都在創作，挫折感不時都會出現；一次又一次、有時一整天都沒有成果。這可是住在懸崖邊的生活。

從事其他工作的人可能也有這樣的感覺。不管是身為父母、礦工或管理者，每個轉折點都有失敗的可能。我們都會犯錯。

創作失敗常令人措手不及。沒有現成的安全網能讓你應付新衝擊：推出作品後，總要面對外人讚賞、嘲笑或不感興趣的反應。如果你不勇於嘗試新事物，你的作品就會變得刻板或乏味。不要太拘泥於別人的想法，才是有智慧的人。

不管是哪一種創作活動，都是在產出某種從前並不存在的東西。創作力不足的話，就得不斷嘗試錯誤。想成為有經驗的創作者，就要接納自己，慢慢克服對失敗的恐懼。別擔心，你會沒事的。寫作又不是在進行腦部手術；比起生死攸關的病人，作品被誤解只是小事而已。

放輕鬆，用正面的角度看待失敗。感覺你的恐懼、觀察它；深入你靈魂的深處；提升意志力與學習力。想想愛迪生發明燈泡：每次不成功的嘗試都不是失敗，而是離成功更近一步。

失敗讓你成為一個更好的創作者。

接受失敗，從中學習，讓自己成為更好的人。

失敗是懸崖，也許你會失足摔落，但也許會長出羽翼一躍而起。

35

愛你的筆記本

視覺藝術家會在素描本上畫滿圖畫及構想，寫作者則是寫滿筆記本。我有成堆成箱的筆記本，格式簡單、收納方便、隨時可帶著走。我的筆電裡也有許多文字檔案；手機裡輸入了上千筆備忘錄（還有語音備忘錄）。

這是個會讓思緒多采多姿的習慣，我強烈建議你試試看。

首先準備筆記本、手機或平板電腦，隨時記下片段和有趣的事（洗澡除外），但不要記下例行的工作或行程。這些都可以記下來：

偶然聽到的對話、看錯標誌的那一刻、睡前腦海中浮現的靈感、醒來時記得的夢境、上班途中看到的風景、看完電影或新聞後出現的想法、某人的樣子、長輩不由自主想起的往事、旅行時的新體驗、突然想到的雙關語、不經意間發現的美麗小物。

不用擔心，沒有人會看你的筆記本，所以為了自己而寫就好。這是充滿提示的儲藏庫，看似無用、但帶有未知的價值。有天在寫作上遇到瓶頸時，就可以翻閱這些筆記，在字裡行間找到靈感。多年後你也許會發現，這張倉促記下的舊筆記，就是你長篇小說的起點。寫作就是這麼神奇，即便是匆忙塗寫，也能記下有趣的字詞和想法。

雖然這些文字談不上精雕細琢，但能帶來其他心靈上的獎賞。瓊・蒂蒂安在〈寫筆記〉(On Keeping a Notebook)一文中寫道：「這些個人的事很零星，無法寫成長篇文章，但卻很符合心弦的節拍。這些片斷的文字雜亂無章、隨機，只對於它的製造者有意義。」

我喜歡這些隨機的心弦節拍。

蒂蒂安從情感的觀點來談論記憶及以自我感觀，她說：「有些事情我們以為永遠不會忘記，卻總是瞬間即逝。我們遺忘了愛，也遺忘了恨，記不起我們曾經為之呢喃、為之尖叫的片刻，連我們自己是誰都想不起來。」

但只要速速記下幾個字，就能隨時憶起過去的自己。

36
感恩日記

日記是日常生活中最無約束、無條理又主要的材料寶庫，當中有你的夢想、熱情、旅行紀實和童年記憶，以及你對工作、家人及朋友未經修改的想法。你無需擔心讀者，因為你是唯一的讀者（除非你打算跟人分享）。

寫日記就像寫作的體適能運動，能釐清自己混亂的經驗，用健康的方式宣洩情緒。就像與信任的親密夥伴聊天，無須恐懼及發出自我保護的意識。日記會保守你的祕密。

但不要寫下一整天的流水帳；比例為一比一的地圖並不算是地圖。選擇一個主題，或是經驗的某個面向，比如說你最喜歡的歌手、怎麼開始喜歡他以及這些音樂對你的影響。寫一些你去過或想去的地方，在書寫的過程中，看看自己形成哪些想法。

如果你的日記只想留一種用途，我建議你試試這個：感恩。規律地記下一天中幸福的事：快樂的經歷、他人的善意、一項成就、遇見喜歡的人、看到某人的微笑、收到一份禮物、記下某個美好的時刻，總之，不需要是多麼了不起的事情。

用正向樂觀的態度寫日記，但不要強迫自己要正面思考、否認負面經歷。你無須粉飾太平，只要花個幾分鐘想想美好的事物。快樂音符能推動腦中的化學作用。睡前書寫、帶著自然的微笑入眠，讓仁慈的能量緩緩流入身體。

研究顯示，隨著時間的推移，這種樂觀的寫作習慣可以降低壓力和焦慮，同時增強自信和韌性，思緒也會更加清晰。換句話說，你能寫出快樂的自己。

37

偷聽的美德

「喬！好久不見！你死到哪去了，最近過得如何？」

「我很好……蠻好的……」

「少來了……過來坐一下……真難得碰到你。你什麼時候回來的？怎麼沒讓我知道？」

「先不說那個……這個地方看起來真棒。」

我得打斷一下。引起我注意的是，第一個人問喬，為什麼沒有通知他回來了。這個問題聽起來有點不妙，而且喬沒有正面回答，的確讓我有點不安。他為什麼不回答？為什麼不讓他的朋友知道？誰管這個地方是不是看起來很棒？實際上，聽者都意識到這個問題的重要性。雖然作者沒有明講，但在兩人對話間，劇情默默地在發展。

在課堂上，作者（我的學員）繼續朗讀剩下的對話。到了下一週，他以第三人稱重新描述前因後果。他更喜歡這樣寫，因為這樣才能點出這個角色的動機。他飛到更早的過去，以說明喬未說出口的想法和感受，進而填補了故事的背景。

但我和其他學員都更喜歡對話的橋段。比起聆聽中規中矩的期中報告，我們更樂於直接觀察他人的生活（包括偷聽）。作者沒有明講的段落反而會激起我們的好奇心，讓我們自行腦補劇情，並且想繼續讀下去。

基本上，偷聽他人講話是不道德的。但在創意寫作（小說、報導、戲劇和詩）的世界中，有兩種偷聽的模式合乎道德而且極其重要。

1. 作者精心設計對白，以創造豐富的氛圍，讓讀者身歷其境。
2. 在公共場合偷聽他人的對話，以增加寫作的素材。

火車上喋喋不休的陌生人、在咖啡店大聲講電話的路人、同事講話時的小動作和怪癖，這些都值得偷偷記在筆記本上。此外，電視名嘴常講的用語、官員的口氣……都是可以記下來的材料。小孩、老人、健身教練、攤販、保險業務員……每個人都有獨特的用字和語法。

你的筆記就是創作的草圖，它們會有無限發展的可能，除了鍛鍊感知力，還能成為創作新角色或新詩的素材。融入其他人的想法和感受，這不僅合乎道德，你還會更懂得善待他人，也就是更有同理心。

38

成為好鼻師

氣味會瞬間讓你回憶起童年的經歷、某種心境和某個重要的人。氣味是一扇珍貴的大門，能不經意地讓你看見回憶。

身體裡的微生物都知道，難聞的氣味是警訊，代表食物腐爛、水有毒以及病菌潛伏。商人會利用氣味的情感效應和吸引力，讓我們買個不停。房仲業者會建議屋主，每當有人來賞屋時，就沖泡幾杯新鮮的咖啡；這種香氣會讓對方感到溫暖和舒適。

在螢光幕上，氣味是透過表演喚起的。受害者的屍體被發現時，警員會作嘔而用手帕摀住鼻子。母親用鼻子磨蹭孩子的衣服；迷路的旅人聞到充滿希望的營火之味。各種故事都帶著氣味。

寫作者都應該閱讀這兩本小說來發展嗅覺力：德國作家徐四金的《香水》以及美國作家湯姆・羅賓斯（Tom Robbins）的《吉特巴香水》（*Jitterbug Perfume*）。

讀完《香水》後，有數週、數月的時間我都沉迷於世上的氣味中。我開始意識到每一縷飄進我鼻孔裡的氣味，包括普通、刺鼻、惡臭以及引人注意的。我的周邊環境變得更加通透，在吸氣和吐氣間，各自分散、排列的有形物體流動了起來。這簡直就是煉金術：文字變成了氣味，變成了一個新世界。

這個新出現的氣味宇宙又代表什麼呢？對讀者來說，這是從文學中獲得的新體驗，是另一種感官的旅行。在讀完徐四金和羅賓斯的香氣小說許久之後，我新獲得的感知能力仍然存在。

重要的是，對於創作者來說，想要書寫嗅覺，不一定要創造關於香水的故事。阿蘭達蒂・洛伊在《微物之神》中，就生動地描寫了感官知覺。

暫時放下視覺，用嗅覺來講述故事，以喚起讀者的共感。沒錯，我們對角色的長相很感興趣，但他們聞起來如何？透過強烈的感官訊息，讀者能得知各個人物的特性。除此之外，環境和場景也有它的氣味，並在我們的記憶中停留更久。閱讀描述氣味的段落，令人身歷其境。

愈會聞，就愈會寫。

透過規律的練習就能增強嗅覺力。想像自己是隻好奇的狗或是品酒專家，閉上眼睛來分析氣味，包括美麗的花朵、開胃菜或是髒亂的街道。用文字的嗅覺寫滿你的筆記本。寫作時，發揮你獨特又古怪的嗅覺，擴展你與世界的接觸，提升你的覺察力。

39 文字音效師

以下是我的一份速寫，是關於一座威尼斯的庭院：

枝繁葉茂的藤蔓和攀緣植物遮蔽了高大的石牆。瞥見遠處古老的陶瓦屋頂。柔和的陽光斜照而下。鳥兒俯衝而下尋找麵包屑。咖啡和麵包的香氣。專業的服務生來來往往，忙著招呼坐在鍛鐵桌旁的悠閒遊客。

但這個描述是不完整的，因為聲音被關掉了。現場應該有遊客在聊天，其語速、聲調和口音都不同；春日正好，也應該會有鳥在忙碌而興奮地嘰嘰喳喳；而鴿子在咕嚕咕嚕地叫。服務生邊工作邊吹著口哨，餐廳會播放威尼斯民謠、爵士樂或歌劇。鐘聲從附近的教堂傳來，響亮而深沉、緩慢而規律，並慢慢減弱。突然，另一個教堂也傳來了鐘聲，高音和低音迴響著，但逐漸減弱，只剩餘音徘徊。

透過文字，讀者彷彿能聽到這些聲音。

在詩作〈看黑鳥的十三種方式〉（Thirteen Ways of Looking at a Blackbird）中，作家華萊士・史蒂文斯不但在觀察環境，也在思考和傾聽：

我不知道應當偏愛什麼，
是變調的美、
還是暗示的美，
是黑鳥的鳴唱、
還是乍停之際。

與氣味一樣，聲音也能喚起記憶、情感和畫面。

流行歌曲是多麼有能量，在公共場所的喧鬧噪音裡，你還是能認出它，而身心也會被帶到另一個時空背景中。

聲音對電影也很重要。大導演希區考克說，《驚魂記》有百分之三十三的效果是來自於配樂，而這都要歸功於電影配樂大師伯納德・赫爾曼（Bernard Herrmann）。《驚魂記》後來能通過官方的審查，是因為導演暫時拿掉了著名洗澡場景的配樂。在我書寫的此刻，彷彿還能聽見那可怕、刺耳而尖銳的聲音。

不要忘記聲音對創作內容的影響。

想像自己是作曲家或指揮家，讓讀者在閱讀的過程中，腦海會浮現音效。你不需要真的去鑽研音樂，只需在腦海中想像那些聲音。你是一個文字音效師，要製造走在砂礫、甩上門、大吼大叫的聲響，還有其他各式各樣的音響：吱吱、嗖嗖、叮噹、噼啪、隆隆、嗡嗡、砰砰、怦怦。

聽得愈深刻，就能寫得愈仔細。微調句子的節奏和說話的音調，就能精確地描述對話的氣氛。

透過規律的練習，就能提升你的聽覺，這就像冥想一樣。記時器設定五分鐘，閉上眼睛，專心聆聽周遭的一切，不去解釋或評斷你所聽到的聲音。如果你的思緒飄走了，就慢慢把注意力拉回來，繼續自然地聆聽。

把你感知到的聲音分層別類。首先是你自己發出的，包括呼吸和器官運作的微小聲音；然後是你周邊的聲響。接下來，你再把注意力轉移到更遠的地方，留意這些聲音的特色。最後你張大耳朵，聆聽所有模糊不清的聲音；它們相互交織，構成廣闊的聽覺世界，包括天空的悶雷、遙遠的鐘聲以及馬路上的喇叭聲。分層別類後，繼續專心聆聽，但不要編故事、加以解釋或評斷。計時器響起後，花點時間寫下你所聽到的一切。

常常做這個練習、培養專注力，就會對聲音更加敏感，也會對環境更有覺察和辨別力。你的作品會引起更多共鳴，你也會更懂得欣賞生活中的點滴。

40

描寫觸覺

描述一些東西，但不要提及你對它的看法，也就是說：

- 避免使用視覺動詞（看起來、呈現出、閃耀著、隱約可見、蒙上陰影、擋住了視線）
- 不要提及顏色
- 不要提及亮度
- 沒有二度空間的細節（如繪圖或地圖）
- 不評判外觀和長相（帥、醜、順眼）

那還剩下什麼？

所有其他的感官。

有些寫作者描述時只依賴最明顯的感官「視覺」，為了避免這個懶惰的習慣，我提倡以聲音為敘事的主軸。此外，我做了很多嗅覺力的練習。那麼觸覺呢？這是另一個被忽略的感官。然而，在現實生活中，忽視它會帶來致命的危險。

藉由觸摸來描述一個物體或環境。指尖是碰觸的先鋒，透過手，就可以感覺到物品的質地、形狀、濕度、顆粒和溫度。除此之外，腳有感覺、臉有感覺，而身體也有。別忘了，連牙齒都有感覺。人的身上有無數個毛孔，能感到舒暢、也會有皮肉之苦，這些都是極其重要的資訊。

一九九〇年代中期，我受邀至貝魯特工作。這座城市一片破碎，在歷經多年的戰爭後，已準備好要重建。我的感官記憶只有塵土；到處都是灰塵和沙礫，遍布在我的衣服、頭髮、眼睛和牙縫裡。導遊習慣性地一直在刷她的套裝，一次又一次。但沙塵還是會捲土重來。對於城市裡、街道上、辦公室裡的每個人來說，無論摸到什麼都沾滿灰塵，而那些日子的回憶只有覆蓋著沙粒。

你是否還記得這些事？在圓石灘上踩到燧石而留下鋸齒狀的傷口；內心的悸動；情

人的指尖沿著你的手臂輕撫或是一記耳光襲來；河裡滑溜的岩石、毛絨絨的毯子，曬傷的刺痛感。用觸摸的文字去接觸你的讀者。

41

味道即情感

烹飪節目和食譜書要成功，重點在於要表現出味道。這是必備的功夫。其實，食物也是一種故事的主題，但味道所牽涉範圍更廣。

太久沒吃東西的話，嘴巴裡會有乾澀的味道。身體受到威脅時，也會散發恐懼的味道。在海裡游泳後，皮膚上會有鹹味。血液有一種金屬味。宿醉起床後，嘴巴會有種苦味。咳嗽糖漿喝太大口的話，會甜到讓你打顫。

有些人太沉迷於肉體層次，所以撰寫跟性有關的段落會缺乏情感。想想看，情人的身體是什麼味道？

味道能寫成一首詩。

角色也有特定的味道。

味道和情感焦孟不離。所以人們總是說，復仇的滋味很甜美、悲慘結局很苦澀、關係不好就是變質了。

那麼，「鮮味」的神祕味道是什麼呢？我們第一次接觸到的鮮味是母乳，那就像美味的肉湯，充滿養分又令人感到溫暖。這不禁讓我好奇，我們在子宮裡的感覺是什麼？

探索味覺、細細體會，享受味蕾被挑動的每一刻。挑個日常的一天，好好留意你的味覺，以及周遭跟味道有關的事物，包括他人的聊天內容、廣告招牌或藝術品，接著一一寫在筆記本上。只要每天如實記下，就能壯大你的詞彙能力。

啟動你的味覺探測器後，讓它保持在待機狀態。只要你更加渴望體驗人生，你的讀者就會渴望讀到你的作品。

42 寂靜之聲

想要成為合格的寫作者，就要像僧侶一樣，有意識地傾聽周遭的聲音。關閉你的視覺、抑制你的嗅覺，專心傾聽就好。

你聽到了什麼？安安靜靜？不可能。在物理世界中，寂靜無聲是不存在的。參與電影拍攝後，我才了解到，原來在開機拍攝前後，演員和工作人員要先保持沉默，好讓音效師錄製現場的環境音，以捕捉每個場景背後的獨特氛圍。如果有要補拍或錄製人物的對話，這些聲音素材就用得上。

到了後製階段，混音師和音效師會一起進行最後的剪輯。從技術上來說，音軌上一個無聲的片刻（就像個寂靜的「坑洞」），會讓聽者的耳朵感到悶悶作響，甚至不太舒服。所以音效師得填進低頻的白噪音，或是拍片現場的環境音。

對音樂大師韋瓦第和愛沙尼亞作曲家佩爾特（Arvo Pärt）來說，「無聲」也是管弦樂團的配置之一；只要它發揮得好，其他樂器就有表現的機會。法國作曲家德布西和爵士樂大師邁爾士・戴維斯認為，音樂是由音符的間隔所創造出來的。美國前衛音樂家約翰・凱吉最著名的作品是《四分三十三秒》；演出時，音樂家不用彈奏樂器，也無須發出任何聲音，總之什麼都不做，在台上待四分三十三秒就好。過程中，觀眾認真聆聽現場的聲音，包括他們身體裡的聲響。這就是音樂。

沉默不是金，而是美麗、多采多姿又充滿了各種可能性。在T. S.艾略特的詩作《四首四重奏》中，字與字之間有絕對的空間；在貝克特的戲劇中，也會刻意安排沉默的橋段。試試看，有意識地在寫作中加入無聲的段落。在你的字裡行間中，或許你會聽到宇宙或其他生命的存在感，也或許會有聲波或環境音出現。寫作時，你可以在腦海中創造出「聲景」，讓你的文字自帶音效。

在沉默和停頓中，總有無限可能存在。

沒有講明的事情，總有它的意義。

用寂靜無聲來為文字及感官創造空間。

43 斷捨離

韋瓦第說過，如果你在樂譜中看到「獨奏」的段落，那就用一把小提琴演奏就好。在《電影書寫扎記》（*Notes sur le cinématographe*）中，法國導演羅伯・布列松說：「若一把小提琴就夠，那就不要用到兩把」。

這些都是睿智的話。

所以現在我要打臉自己。前面我鼓勵大家要揮霍文字、盡量寫、不要太客氣。接下來，我要放下小提琴，在管弦樂中留白。

因為現在我考量到的是編修文字，而不是創作。

在前面一個階段，我們征服了空白頁，讓想法不斷湧現、擴展。現在我們要回頭去刪減。這兩個過程都是必要的。

通常你得刪掉許多段落。

少即是多。

不過，斷捨離專家都說過，清爽的感覺真的很好。

44

舊瓶裝新酒

事實上，內容老套的作品都是出自天才之手，因為其內容精彩又真摯，所以才會永世流傳。它們剛問世時，讀者都會感到驚奇而有共鳴，因為其內容是如此精確、新穎、有趣而充滿力量。它們就像深山裡的潺潺流水，是下游所有靈感的源頭。大自然有思想和意志，而流水就是它們的語言。我們並沒有真正走到源頭去欣賞這些美景，而其他的溪流也不斷嶄露頭角。這些作品太好了，一次又一次地被引用，直到也變成老掉牙的故事。

每一種重要的情感都會變成老梗。所以我們才難以真誠地寫出愛、性、欲望、出生、死亡、憤怒、恐懼、哭泣、爭吵等主題：

回憶如潮水般湧來，彷彿只是昨天發的事。這個小鎮是完美的風景明信片。她愛他勝過言語所能形容的，她身上每一個細胞都是為他而在。這對幸福的情侶結為連理。後來他們像貓和狗一樣爭吵。他的眼睛總是呆滯無神，她竭力想抓住他，但他還是失去了靈魂。最終，這些爭吵只是在傷口上灑鹽……

這些老掉牙的句子湊在一起很好玩，就像化妝舞會一樣。

〈我情人的眼睛一點也不像太陽〉——莎士比亞也喜歡浪漫的陳腔濫調，更喜歡顛覆它們：

我見過紅白相間的玫瑰，又紅又白，
但在她的雙頰我看不到這樣的玫瑰；
有些香水散發的香味，要比
我情人吐出的氣息更叫人沉醉。

對於一般寫作者來說，總會不經意寫出不帶諷刺意味的陳腔濫調，還希望沒有人會注意到。它們會滲入文字中，就像意識型態一樣，而且當事人是看不見的。英國作家喬治・歐威爾提到，不再令人回味的爛圖和短語就是「僵化的隱喻」(dying metaphor)。他大力批判這種懶惰的寫作方式，說它們醜陋、陳腐又不精確，對了，而且還常常被誤用。這些可憐的僵化比喻老是被扭曲，以致脫離它們原本的含義。

受困於陳腔濫調的不僅是短語和隱喻。文學上的刻板角色也很多，情節和橋段很容易就串連起來。厭世的讀者總是說：「我早就知道接下來會發生什麼事了！」當然，故事不一定要標新立異。羅密歐與茱麗葉仍然可以墜入愛河，在命運多舛中死去。但是，只要用新的方式講述這個老掉牙的故事，這兩個角色就會又活過來了。

自滿是創造力的敵人。但只要用心靈、身體和大腦來寫作，這些故事就會有新風貌，而且充滿你的個人特色。你會察覺到自己的成長，其他人也會注意到，這是雙贏。

45 用角色的動作來描述場景

埃爾莫・倫納德（Elmore Leonard）是《矮子當道》（*Get Shorty*）、《黑色終結令》（*Jackie Browne*）、《殺人狂》（*Killshot*）等小說的幕後主腦。他喜歡精簡的描述，所以他的小說很容易就能轉化成劇本，因為刪去副詞和形容詞這些修飾語，就只剩下對話和動作了。

不過，你的文章並不會因此而缺乏情節。事實上，光用動作，就可以巧妙而精準地鋪陳劇情，舉例來說：

每天晚上，奶奶都會來我房裡唱歌哄我睡覺。

有天晚上，我聽到爸媽房間裡傳來奇怪的對話聲，聽起來像是在吵架。果然，兩人的音量越來越大。我躺在床上，透過窗簾的縫隙看著路燈。一邊聽著兩人吵架的聲音從低沉變尖銳，還夾雜著撞擊聲。然後，一片寂靜。爸爸離家了。

接著幾個小時、幾天、幾年就這麼過去了。

在我床的上方，是以前爸爸幫我訂製的書架，上頭有我在青少年時期讀了一遍又一遍的經典和通俗小說。門邊的櫥櫃裡有玩具，我太老了對他們沒興趣；底下藏了一些雜誌，我太年輕了應該不能看。

拿到入學獎學金後，我回到房間讀起學校的通知函，至少讀了二十遍，然後走到隔壁告訴媽媽。她在宿醉中，並沒有聽懂我再說什麼。

每個人應該都能不費力地想像這個房間的樣子。作者是以事件而不是形容詞來描述這個場景，讓我們身歷其境。

有些人的想像力更豐富，能看到房子布局的細節。每個人腦海中的畫面都不同，熟悉和去過的地方都不同。作者提供了一個明確的架構，他想好了房間內外空間的配置，並以此為人物動作的背景。而我也愉快地待在這個想像空間中，用我的經歷來想像他的房間。隨著情節發展，房子出現新的家具或空間時，我就能自行腦補這些畫面。

用人物的動作來描述房間很簡單。角色踱步很久的話，讀者就知道這房間不小也不狹窄；如果有回音的話，那地板應該是堅硬的而且沒有擺放雜亂的東西。總之，只要有人物的動作和反應，就能夠間接地描述場景。

試試看，不用形容詞來描述場景，看看能呈現出哪樣的情感和筆觸。

除此之外，看看如何不使用副詞來呈現動作。舉例來說，「緩慢地走著」，可改成「漫步」、「緩行」。每個用語都有不同的意涵和效果。

很少有作家像倫納德這樣精簡，光用動作和對話就能創作出一部小說，這是非常艱鉅的任務。雖然成書的頁數比較少，但這不算什麼損失，而且好處多多。動態敘事就像「二加二」這麼清楚，而且又能讓我們愉快地腦補畫面。

46 從人物的主觀感覺來描述劇情

很多人都以為，動作句與敘述句是相衝突的：前者代表重要、令人興奮的橋段，而後者是過場、輕鬆的橋段。也有人認為，這兩者截然對立，就像是快與慢、動態和靜態。但是，你可以細緻地描述動作，也能用間接的方式描述場景。

T. S.艾略特談《哈姆雷特》時，有提到「客觀對應物」（objective correlative）的概念。他指出，在藝術作品中，事件、情境和對象能共同喚起或構成一種特定的情感。受到艾略特以及美國作家約翰・加德納（John Gardner）的啟發，我要求學生從人物的視角來描述場景，並傳達出他的情緒，但不要加上清楚的標籤，也不用解釋原因。這能創造同感謬誤（pathetic fallacy）的效果，也就是說，主角把自己的心理狀態投射到外在環境。比如說，「天色看起來很陰沉」，因為主角心情很不好。這不是浮誇的說法，而是講故事的方式，對作者和讀者來說，都會有種沉浸式的樂趣。

舉例來說，某個角色在等公車，但突然得知親人出了大事。這時，你先不要寫出那件事是什麼，而是從第三人稱的角度去描述場景、地點、路人、當事人的主觀感覺等細節。也就是說，我們是透過主角的感知來猜想發生了什麼事。

想要培養這種細微的說故事技巧，就要多積極傾聽他人的感受，而無需清楚地說出前因後果。

47 推動劇情的手

創作者都怕劇情寫得不好。沒錯，這是一門藝術，你得精心挑選、並安排各個事件的發生順序，讓它們環環相扣。你還要能適時鋪梗、埋下伏筆，讓故事能自然地延展下去。

某些恐懼對人類生存是必要的（最好不要惹響尾蛇），但是就現實上來說，劇情寫不好又不會死人。不要害怕編劇情，才能把故事寫好。不管是在哪個領域，面對未知的恐懼時，要設法理解起因並展開行動去馴服它。你會因此變得睿智、更強大、更有能力，人生當然也會更加幸福。

好故事、精彩情節包含哪些要素？許多專家都在致力於回答這些問題。我不會在這裡引用並濃縮各大研究成果，但會提供實用的方法，幫助大家克服一些最常見的不安全感。一如既往，你可以從中選擇或混用你喜歡的原則，當然也可以直接跳過。

製造衝突

從動力學來看，物品向前移動的時候，會產生相抗衡的力量：摩擦。而衝突就是劇情發展的觀點。當然故事和情節會沿著主角發展，但我們寫著寫著，總會寫太多細節，或發展出意想不到的支線。我有個練習法叫做「濃縮傳記」，多年來幫助了自己和無數的學生。首先，你想著角色的樣子，簡單地交代他的關鍵細節，例如年齡、環境、背景。接著注意他重要的生理與心理特徵，包括他不得不做的事情，包看他的渴望、執念、夢想、願望、需求、工作、目標和責任。這些就是情節的推動力。接下來，設想擋在他路上的大石頭，包括主客觀的障礙，如對手、自身條件、法律規定、宗教信仰、情感層面與現實條件。有了這些摩擦和衝突，就能吸引讀者的注意力。

從結局往回推

不管在現實生活中發生的機率有多大，只要是合理的情節，都可以寫進故事中。不妨先構思一個煽動性、吸睛的事件，並以此觸動其他情節。每當你想到一個場景或橋段時，可以先分析一下，它出現的原因為何？重要性在哪裡，當中隱藏什麼危險……透過這些問題，你就能找到它們跟結局的關聯。實際上，你也可以先想到結局，然後回溯或構思一條通往結局的道路。別擔心，這些都是鷹架，在你建構故事時可隨時拆除或調整。但記得，你需要修正的段落一定會很多。我有個作家朋友說道：「我完成一個故事後，就會回過頭去再埋下一些種子，讓情節自然開花。」有些人的計劃比較縝密，只要有什麼點子，就會放進試算表中，看看如何編排劇情。

改編現實事件或現成作品

與其從零開始，不如直接利用現成的故事，包括你自己的生活，或是從其他人的經歷找尋靈感。這不是偷竊，而是資源再回收，而且可以做得很優雅。名人的傳記、新聞報導也可以拿來當作創作的骨架。你可以探索這些人物的其他面向、改變講述的方式，包括埋下伏筆、發展支線、按下不表或突然有爆點。莎士比亞的許多戲劇都是從歷史中取材。美國小說家珍・斯邁利（Jane Smiley）則是向莎士比亞致敬。在小說《一千英畝》（*A Thousand Acres*）中，她從批判性的角度重新講述李爾王的故事。你也可以用現有的小說來創作新故事，比如把原來的配角當成主角。在英國小說家珍・瑞絲（Jean Rhys）的《夢迴藻海》中，其主角安東妮特在《簡愛》中只是個客串人物。透過這個人物的世界觀，瑞絲傳達出一個從未被聽見的女性之聲。這個女人是被虐待的邊緣人、被關在閣樓裡的瘋女人。瑞絲解開了這顆被封印的寶石，從《簡愛》那個充滿父權和殖民色彩的背景中，創造出全新的故事。

團結力量大

一部劇本通常是在團隊的努力下完成的，可說是絞盡了眾人的腦汁。那些著名而受歡迎的電視劇都是集體創作的結果。眾人慷慨地貢獻自己的想法，相互激盪，並將這些元素組成多樣的故事。寫作者也可以聯手一起創作，比如參加寫作團體、研討會或報名寫作班。跟夥伴分享你想到的情節以及你對角色的規劃，並提出你的擔憂；眾人集思廣益、徹夜暢談也無妨。除此之外，你還能發現和修正情節上的漏洞。

沒有劇情也無妨

拒絕慣例、忘掉公式，自由地寫出自己的思緒。就像作實驗和玩遊戲一樣，長短和形式不拘、沒頭沒尾也沒關係。比方說，你可以好好推敲、思忖花瓶或鳴禽有什麼令人回味的特性（無需情節）。有一些奇妙的小說受到讚賞，不是靠情節，而是靠聲音和獨特的視角。我非常喜歡美籍日裔作家大塚茱麗的小說《閣樓裡的佛》。英國小說家勞倫斯・斯特恩（Laurence Sterne）的《項狄傳》也一樣沒有情節，卻成為英國文學史上的奇書。法國當代有反傳統結構的「新小說」（nouveau roman），而西班牙則有充滿冒險情節的「流浪漢小說」（picaresque）；重要的是，小說中發生的事件只有前後關係，但沒有因果關係。寫個沒有情節的劇本吧！為了尋找靈感，我推薦像《去年在馬倫巴》、《橡皮頭》和《靈魂的四段旅程》這些電影。

三幕劇

有些人說，世上的故事主題只有幾種，差別只在於講述它們的方式有無數種。亞里斯多德提出了「敘事結構」，至今仍然廣為流傳（只是版本有異）。他認為，一般故事可以分成三段：序幕、困難出現、解決，也就是所謂的「正、反、合」，這就是教科書式的寫法。有些人說，故事總要有開頭、中間和結尾（本書也是），要有明顯的故事走向，而主角一路上會有重大轉變。不過，故事不一定要從頭開始，敘事的順序不一定要跟著線性的時序走。講故事的理論很多，每種都值得研究，但終究只是為了打破這些規則。

我的獨門絕招

上述的方法我都用過，但不會固定使用一種。我大多會試探性地推進一點劇情，就像在黑暗中摸索，但不知道接下來會發生什麼事。當我沉浸在角色和場景時，情節會一點一滴地出現在夢境和幻想中。累積到臨界點時，我就得開始認真思索敘事的結構。偶爾我需要夥伴的幫忙。從各方面來說，這是一種非常沒有效率的方法，我並不推薦，但它讓我保持好奇、警覺和一點害怕，也許就是這個壓力，所以我才會有進度。

走出去或人進來

不管是詩、戲劇或散文，所有偉大的文學都有這兩個主題：主角踏上旅程或有個陌生人來到城裡。

48

調整每個角色的觀點

在二十世紀前，小說家通常會任意進入角色的腦袋裡，告訴讀者這個人在講什麼。文學大師狄更斯也經常中斷劇情，透過冗長的描寫來告訴讀者那些角色由裡到外的模樣。在前現代主義的文學中，作者總是信心十足地扮演隱形的上帝，盤旋在故事之上，只要出現某個身分不明的角色，他就會介紹此人的來龍去脈，並加上道德寓意，甚至補上此人完全無法領會的哲學或歷史觀。

某些事物的出現會打破舊有的秩序：世界大戰、精神分析理論、相對論、女權主義、上帝之死……還有人會信奉單一至上的權威嗎？真理是普遍和客觀的嗎？個人看法都是主觀、局部和相對的。

難怪現代主義和後現代主義的藝術家都在講求抽象的美感，因為要打破形式和規則。他們認知到，這世上所見之物都是不完整和有瑕疵的，所以要學會欣賞混亂之美。

今日，我們都懂得欣賞不同的觀點，也能接受不可靠的敘事者、分歧的觀點和多條情節線。我們都喜歡傾聽對話，而不是解讀對話的內容。我們不喜歡被告知這個故事的寓意是什麼，而是喜歡分歧和不確定性（雖然過多會令人感到痛苦）。現代的讀者會挑戰作者（author）和權威（authority）的獨斷性（有意思的是，這兩個字的拼法很相似）。

寫作者總逃離不了當個全知者的迷思；他們是如此聰明、有技巧又學識淵博。二十世紀之前的作家，跟上帝沒兩樣。

當然，要設想每個角色的個人觀點其實並不容易。但想要創作出優秀的作品，就要學會量身訂製的技巧。

首先你得理解到，人的感知是不完整的，有其相對性。再來你得承認，省略不寫也是一種功夫，難度不下於要寫什麼。導演刪掉無數顆鏡頭，才能剪輯成一部電影；廚師丟掉食材無用的部分，才能成就一道完美的料理。

就我個人而言，保持全知狀態反而更加困難，那樣的話，每個角色的想法、觀點都要從頭到尾保持一致，否則切換視角時，讀者就會有出戲的尷尬感（除非你想模仿德國戲劇家布萊希特的特色）。

派翠西亞・海史密斯（Patricia Highsmith）為了主角創造獨特的世界觀，《天才雷普利》這本小說才會如此有臨場感。少了無所不知的敘事者，讀者就更能深入看到主角的情感，故事也才會更引人入勝、更有戲劇性。

在作者的精心安排下，各個人物的觀點並陳交錯，進而推動劇情的發展。威廉・福克納的《我彌留之際》、童妮・摩里森的《樂園》（*Paradise*）和麥克・康寧漢的《時時刻刻》都是這樣的作品。人物依序發聲，透過他們的多重視角與洞見，故事的張力、吸引力和複雜性慢慢呈現。

最後，值得留意的是，作者並沒有一槌定音的發言權，即便是全知的敘事者也一樣。你把故事傳遞到世界後，就應該放手了，這個解放的動作所產生的效應難以預料。故事中的角色以及廣大的讀者，每一個人都有自己的觀點。有趣的是，這種失控的效應反而呈現出讀者的自主性。

用不同人稱寫作的效果

從第一人稱「我」來寫作的話，就能呈現出一種私密、自白而片面的氛圍。劇情僅限於角色所知或目睹的場面，有如從他腦袋裡的攝影機去看世界。

從第三人稱「他」來寫作的話，視角就會比較客觀、比較疏離，不過故事仍然是從主要人物的遭遇和感受發展下去；就像有台空拍機盤旋在角色的頭上。

很少人用第二人稱「你」來寫作。這個詞通常用來直接指稱或呼喚對方，當它出現在書頁時，有如作者直接面對讀者，因而創造出一種奇妙的關係。想想看，在日常對話和書信中，我們是如何使用第二人稱。

試著用第二人稱來寫一首詩或短篇小說，例如：

- 把讀者直接拉近敘事中。
- 講述你童年的重大事件。
- 探索一段未結束的關係。

49

描述房間的十三種方式

描述房間的樣子，任何一種都行：不管是想像或記憶中的、可怕或舒服的、公開或私人的、空無一人或擠滿了人的……

在動筆之前，先體會一下這個房間的感覺。讀者應能如你一樣清楚，能看見這房間的樣子、聞到氣味並且感覺到它的氛圍。若你對這房間不夠瞭若指掌，那你的猶豫就會從文中的微小細縫中透露出來。

試試看用十三種方式描寫一個房間：

1. 抒情、描述性的，帶有情感和詩意。
2. 從外在經驗來看，只呈現客觀、可衡量或可證明的資訊。
3. 不帶譬喻和隱喻。

4. 不用形容詞。
5. 像新聞報導那樣的中性風格。
6. 不帶任何情緒。
7. 用視覺以外的感官去描述，但不能是全黑的空間。
8. 用對話來描述。
9. 用動作來描述。
10. 從小孩的視角來描述。
11. 從外星人的視角來描述。
12. 從昆蟲的視角來描述。
13. 某個隱藏事件的前因與後果。

以上種種條件限制都能帶來特定的效果，並透露出跟當事人有關的重要資訊。

50

勇敢說出「我是作家」

我花了很多年時間才承認自己是作家。我老是擔心，如果輕易地說出口，會顯得虛榮或欺騙世人。但是，隱藏自己寫作的那一面是非常愚蠢的。畢竟證據確鑿，我的作品的確在緩慢累積中。即使到現在，我還是會說「作家是我的主要工作之一」，其他作家朋友也同樣謹慎。為什麼？

大家都得謀生，除非完成「合適的」作品，否則我們很難說自己在從事創意寫作；而且在作品出版之前，寫作看起來像是一種嗜好而已。但想想看，演員要花很多揣摩角色，不下於在舞台或銀幕上表演的時間，然而他們還是強調自己是演員。熱愛攝影的人也會興奮地說「我是一名攝影師」，即使他們不會每天都拍個不停。

創意寫作是一種嗜好、一門課程、一種志向、一種才能、一種職業；或是這些項目的綜合體，但沒有確切屬於某一項。因為這樣模稜兩可的性質，我們才胡亂摸索，無法認同自己的作家身分。

但我認為還有別的原因，是恐懼、怕被嘲笑、批評和拒絕。在情感上，我們總會告訴自己，我要專注在自己的正職工作，無論錢多錢少，我總得養活自己。寫作看起來沒有那麼重要，我有空再做就好，反正生活再一團亂，至少還能穩定過下去。

本書的許多練習都能消除作家常有的恐懼。只要想得透徹、直視這種恐懼，就能化解這種負面情緒，並繼續保持寫作的熱情。放手去寫，就能寫出快樂的自己，就算你還不認為自己是個作家，也不用擔心。

古羅馬哲學家愛比克泰德講得簡單又明瞭：想成為作家，寫就對了！

51

濃縮再濃縮

記得我以前的數學老師寫了一個非常長且非常美的證明題，填滿了整個黑板。他說明的方式自然又有力，就跟電影《傑克蓋的房子》裡的兇手一樣有幹勁。黑板上布滿的白色括號、層層堆積的分數以及平方根號。老師持續不斷地塗塗寫寫，當中有無數個等式、又透過運算抵消了某些數字，打叉又畫線，最後剩下一個簡短、迷人、簡單的東西：e=mc2。噢，多麼美啊！微小又巨大的公式。

哲學家總在追尋某些概念的定義，像是美或幸福，但不像代數和公式那樣簡明。想法可以簡化為清楚的真理，但其背後有複雜的歷史、細節、脈絡、實例、例外和複雜的文字。

寫作和思考是複雜的行為，但不要忘記，把它們凝聚成簡明的文字是多美，正如令人讚嘆的 e=mc2。

然而，簡單的文字並不單純。

簡單往往是複雜的偽裝。

英國詩人威廉・布萊克的〈虎〉（The Tyger）、美國詩人艾德麗安・里奇（Adrienne Rich）的〈反抗的標誌〉（A Mark of Resistance）、威廉・卡洛斯・威廉斯（William Carlos Williams）的〈紅色手推車〉（The Red Wheelbarrow）等詩作的字都很少，但又可以反覆閱讀。設計和廣告文案不是按字數計費的，事實上，字少反而更有說服力，可以在觀眾的記憶中持續很久，比如耐吉的Just Do It、以及蘋果公司的Think Different。

當然詩和廣告文案不能完全相提並論，但都得用上多元的思考模式，才能得出精挑細選的字詞。

寫出某個想法，投入熱情，深思熟慮後大膽寫出來，形式或類型不拘。不論篇幅多長，就順順地寫到結束，然後休息一下，讓這個作品自己發酵。接下來，你試著刪除某些段落並集中焦點，在反覆操作下，把它濃縮成最簡單的文字。

它會變成一首簡短而有力的詩或是熾烈的極短篇小說；又或許它會變成一個標題或金句，並成為你長篇作品的主題，像是《第二十二條軍規》或《生命中不能承受之輕》。

透過這種方式，你的任何創作都能成為強大而有特色的元件，就像馬賽克壁畫中的一片玻璃。

52

故事要用演的

教授創意寫作時，我喜歡提到電影，它對我寫作的影響很大，也是我的思考模式。在電影世界中，不同的剪輯方式，故事就會有不同的樣貌。現代創作者放棄全知者的敘事角度後，便借鑒了拍電影的精神：演故事而不是講故事（show not tell）。

有些人對此感到猶豫。他們認為電影只有畫面，但短篇和長篇小說可以常駐在腦海中發酵。舉例來說，普魯斯特花了好幾頁的篇幅來描述蛋糕，以此引起讀者的遐想。相對地，根據書籍改編的電影就缺乏想像空間，無法讓大家動動腦。

另一種反對的理由是：把故事交代清楚，就更可以在形式或結構上下功夫。有些思想和感情的細微之處無法變成具體的畫面；更何況，挑選文字和組合句子是非常有趣的活動。

當然，演示是不完整的。但對於魔術師來說，說清楚講明白可是違反他們的行規。

若你知道他道具藏在哪裡，不會覺得有點掃興嗎？看電影時，若有字幕或旁白告訴你主角的想法、場景的設計以及劇情的含義時，你也會覺得被暴雷了。

然而，許多人還是忍不住想要說清楚講明白。這可能是以前上作文課留下的後遺症，或是在工作場合學會的簡報技巧。

有時，我們會擔心讀者不明白發生了什麼事，所以不知不覺進入摘要模式，開始整理劇情、理出結論。這麼一來，身歷其境的閱讀樂趣也被抹煞了。想要破除故事中大壞蛋的魔法，請個多嘴的旁白詳盡闡述一番就好。

當你意識到自己正在解釋故事走向或角色的想法，就改用演戲的方式去寫。比方說，你想告訴讀者某角色很焦慮，就寫他坐立不安、直冒冷汗、隨意對路人發脾氣或走路跌跌撞撞。

因此，就算你沒有圖片或影片（比如你正在製作廣播劇或有聲書），演戲法仍然有用。緊張的角色說話很急躁、對他人大吼大叫、走路不時踢到物品。配音員可以表現出口乾舌燥、喉嚨緊繃、胡言亂語、結結巴巴、猶豫遲疑的樣子。另一個角色提及這個情況時，也可以說出「你怎麼好端端地滿頭大汗」。與其明白寫出「某個角色感到緊張」，還不如用手勢、動作、症狀來暗示，這樣更能增加閱讀的趣味。

讀者都樂於去猜想主角的動機和故事的意義，即使會猜錯。作者才是這個故事背後的大魔頭。但他得抗拒多嘴的衝動，別想解釋劇情的來龍去脈，他頂多只能把自己化為一個不起眼的角色。

在沒有作者的干預下，故事才能在讀者的腦海中自行發酵；這就是優秀小說的特色。構築場景、接著放入角色，讓他們自行揭露個人的想法。作者不應該打斷劇情，更不可發表冗長的道德評論。每個場景中都有一段故事，而各個場景可以串成更大的故事。

文句當然要寫得清晰，但劇情還是要用演的。

53

用拍電影的方式寫作

讓讀者能看到畫面是有其意義的。大腦中超過三分之一的部分是用來處理視覺訊息，所以人類天生就比較喜歡透過眼睛看世界。

即便如此，新的寫作者總會忍不出要寫出哲學用語、精緻修辭和抽象概念，因為這樣看起來比較有學問。

在英國小說家伊恩・麥克伊旺（Ian McEwan）的小說《愛無可忍》（*Enduring Love*）中，有一個升空的熱氣球，它也成為改編成電影時的主要意象。確實，這個物件推動了劇情的發展，所以會一直停留在觀眾腦海中。《古舟子詠》裡的信天翁、《亞瑟王傳奇》裡的聖杯、《綠野仙蹤》裡的黃磚路、《祕密花園》裡的庭院、《紅字》裡的刺青、《紫色姊妹花》裡的信件、《告密的心》裡主角的眼睛、《格雷的畫像》裡的肖像畫……都是令人難以忘懷的意象。

圖騰、意象、紀念品、畫面都可以凝聚意義並推動故事發展。

把自己當作視覺藝術家、用文字創作畫面（動態的場景更好）。

從電影拍攝的手法獲得靈感：定場鏡頭、取景、跟踪、打燈、縮放、聚焦、疊化、定格、切割、慢動作、加速、搭造場景、調度、過場、蒙太奇……。

以小說為例，第一句是定場鏡頭，在主角展開冒險前，要先讓讀者了解這個世界的樣貌以及主角的背景。

在中世紀的敘事詩《高文爵士與綠騎士》（*Sir Gawain and the Green Knight*）中，城內的情欲誘惑與城外的狩獵活動巧妙地穿插交錯：高文在追捕獵物、城主夫人在等他掉入陷阱。艾蜜莉・狄金生（Emily Dickinson）在寫詩時，會用破折號來呈現畫面定格或跳接。在吉姆・克雷斯（Jim Crace）的小說《往生情書》（*Being Dead*）中，讀者從近距離觀看兩具未被發現的屍體逐漸分解，就好像透過緩慢移動的顯微鏡頭那樣。在大衛・福斯特・華萊士（David Foster Wallace）的散文〈思考龍蝦〉（Consider the Lobster）中，作者凝視當下，就有如一台架穩的攝影機，以均勻的速度向前移動。在清晰的焦點和明亮的光線下，讀者看到龍蝦的細節和過度消費的現場；而作者冗長的註腳就像是精心製作的旁跳鏡頭。

多練習創意寫作，你就更懂得凝視的藝術。專注觀察外界和事物變動的走向，看看各個事件如何串連起來，並留意它們所帶來的感受。

54 不要平鋪直敘地講完故事

在倫敦生活或工作的人都熟悉地鐵之神那響亮的聲音，也就是在列車門開啟時提醒乘客「小心月台間隙」，生死一瞬間，所以這句話像咒語一樣不斷播放著。

雖然聽了無數遍，但每當列車進站時，那神祕的廣播聲還是能令我注意月台與車廂地板的高低差。列車的邊緣緊挨著月台的彎道，我像其他人一樣，小心翼翼地跨過間隙上車。

電影剪輯師的工作是拼湊導演完成的無數個鏡頭，將其組成完整的故事，但是「開始、中間、結尾」不應平順地無縫接軌。寫小說也一樣，劇情走向的落差、唐突的畫面轉換，都能產生特殊的效果。

看電影時，我都會留意剪接的部分，包括劇情變化、場景轉換的邏輯。前後場景如何融在一起？有些場景為何變黑？視角如何切換？在兩個唐突的畫面之間有什麼線索。

厲害的剪輯師就是能憑本能製造這種反差。這不是為了故作玄虛，而是要保留空間；製造間隙也是創作的功夫，絕非懶惰或逃避。

寫作者可以從電影剪輯中學到一些更細緻的技巧。我們總是忍不住想串起每個段落並抹平邊角，希望讀者不會讀得太辛苦。但這是體貼過頭了，其實他們更喜歡留意劇情間的間隙。

發揮電影剪輯師的技巧，讀者就更能享受閱讀的樂趣。

接下來，用以下方式練習製造間隙：

清楚描述一個角色的樣貌、背景和細節。

重來一次，但只用動作或對話來呈現他的特性。

重來一次，但從另一個角色的視角來呈現他的特性。

留意兩個觀點之間的落差，並找出交集之處，看看會呈現出怎樣的故事與意義。

55
有技巧地呈現事實

「但這個故事真的！」

學生總是會跟我說這句話，當然他們沒有理由騙我。

但那又怎樣？

它是真的，但你總得證明。

「它確實發生了，是我個人的親身經歷！」

他們皺著眉頭要強調這一點。不過，讀者總是半信半疑，作者要更加努力，才能說服讀者。況且，你的作品會四散到各地，你不可能到處現身，以證明其真實性。

如果你某段經歷的發生過程巧合到不合理，不管有真實，你還是得好好鋪陳，讓它看起來不那麼離奇。巧合是推動故事發展的絕佳元素，但到結尾還有的話，讀者就會覺得是作者在偷懶。假若某個真實事件看來令人難以置信，就要補充一些元素和脈絡，讓它看起來較為合理、甚至必然會發生。

因此，故事光是真實還不夠，你還得設法讓它有吸引力。

運用你的寫作技巧傳遞出故事的真實面，而不要簡單用兩三句話帶過。不要讓內容限制了你多元的表達方式。盡情發揮創意吧！

56

尊重你所描寫的對象

在虛構和事實間有一塊法律上的模糊地帶。舉例來說，妻子在閱讀丈夫出版的小時發現，內容就是丈夫現實中的婚外情。有位知名的藝術家死後，對他怨恨已久的家人把他的祕辛賣給電影公司。有對夫妻離婚後，性生活的問題被鉅細靡遺地揭露出來，但爆料的人卻稱那是自己虛構的故事。誹謗和損害名譽的官司確立前，對當事人的傷害已經造成了。

有位作家朋友談到，他創作時會以人為主題，就像畫家那樣。但他指的不是個人肖像畫，那是為了描繪模特兒的樣貌與神態。他指的是，畫家的親友巧妙地出現在作品中，就像米開朗基羅創作的壁畫，那些充滿肌肉的神話人物，都是以他身邊的人為靈感。

用畫人物來比喻寫人物是很有趣的。在畫室中，被描繪的模特兒會期待在完成的作品中看到自己的模樣。他們不一定喜歡作家的表現風格，但既然他們同意參與創作，也只能接受成果。

然而，除了實際採訪，你想寫的人物不會一直坐在你面前。寫作者就像海棉，一直在吸收他人身上散發出的訊息，雖然對方沒有發現。事實上，我們也沒留意到自己一直在拿對方當素材。

雖說這是個人選擇，但在從事藝術創作時，我想最好也顧及人際關係。就算對方同意當你的寫作對象，你也不能像吸血鬼一樣吸到一滴都不剩。當我們的作品是受到身邊的人所啟發，就更要發揮自己的想像力與同情心，這樣晚上也會睡得比較安穩。

57

增加文字的詩意

小漢斯・霍爾拜因（Hans Holbein the Younger）的亨利八世肖像是主題非常清楚的作品，而傑克遜・波洛克（Jackson Pollock）的《藍柱》（Blue Poles，也稱為一九五二年第十一號）則是前衛的抽象畫。我們欣賞這些作品的角度包括光線、質地、顏色、構圖、情感等。第一幅畫是一個真人的肖像，就像照片一樣滿是資訊，說明了他了人生歷程。在第二幅畫中，藝術家對於呈現真人真事並不感興趣。他想展現繪畫的新方式、新顏料的效果和畫布的質地。

文字創作也一樣，有些寫作風格具象、平鋪直敘，有些作品則是抽象和詩意。商業領域的寫作者大多會把文字當作描繪人物和傳達情節的工具。相較之下，詹姆斯・喬伊斯的小說《芬尼根的守靈夜》（*Finnegans Wake*）就像一幅巨大的抽象畫。他用文字創造出印象派的質地，而情節和人物動機卻很隱晦。

在平鋪直敘和隱晦多義這兩端之間，還是有作家能找到平衡點。我最喜歡的作家麥可・翁達傑和安妮・普露便是如此，他們掌握了文字之美，又能把故事講好。翁達傑的《英倫情人》或《比利小子作品集》充滿詩意；普露的《真情快遞》（*The Shipping News*）或《明信片》（*Postcards*）更值得細細品味。

詩能令人陶醉於其中，得到視覺和聽覺上的享受：諧音、節奏、押韻、句子之間的起伏。散文也可以有這種美感。

為你的創作素材添增色彩，用狀聲詞製造效果，讓讀者體會到文字的多重意涵，以及視覺和聽覺上的效果。文字就是如此令人愛不釋手。

58 令人驚喜的反差感

在課堂上，有學員分享一篇浪漫的愛情故事，但主角講話的用語都很官腔：「我的日常事務是……我們有各自的生活模式跟空間……這段關係對雙方都獲益良多。」我跟這位學員確認了一下：戀愛故事總是充滿粉紅泡泡，但這個角色是個刻板的公務員嗎？如果是的話，他的對白就得保持這種風格，就算令人不舒服或可笑也沒關係。

我對這種官僚化的人物充滿興趣。一般來說，在浪漫的愛情故事中，會出現甜美、浮誇的語句和隱喻。不過，如果有對情侶會一五一十地記錄並欣賞對方的言行，那也是很棒的愛情故事。俄國作家果戈里和卡夫卡就懂得把官僚至極的辦公室文化寫得活靈活現，當中只差沒有戀愛故事。

文字或角色的反差感能創造出令人難忘的故事。

美國作家J. T.萊羅伊（J.T. LeRoy，本名為Laura Albert）在小說《莎拉》中，以一名男孩為主角，透過他第一人稱的角度來講故事，並配上簡單、參差不齊、富有詩意的日常語言，並以此對比卡車司機和性工作者的鹹濕對話。令人感到衝突的是，在卡車休息站的餐廳裡，還有奢華的餐點：小牛肝醬、新鮮玉米蔬菜燉肉、核桃舒芙蕾、法式鮮奶油捲餅……

大塚茱麗的《天皇蒙塵》是一部歷史小說，內容是關於二戰期間被送往拘留營的日裔美國人家庭。本書的文字非常精簡，始終不帶一絲情感。這個故事非常吸引人，而我只能沉默以對，且情緒被壓縮和捲入其中。讀到最後一章，我內心激動不已，只能暗自憤怒地吼叫、辱罵和咆哮，直到最後一字才停下來喘息。闔上書本時，這個故事卻還沒有結束，它在我的世界炸出一個洞，令我心情難以平復、久久無法忘懷。

試試看，用不尋常的文字製造衝突感：

1. 用愛與感情描寫一種疾病。
2. 描寫一朵充滿恐懼和厭世的花。

人物的情緒、潛台詞、動機、背景、身分和觀點，都會影響作品的效果。

59 隱喻有如飲酒，適可而止就好

去巴黎旅行時，我在飯店的電梯裡遇到兩個觀光客，他們正困惑地在研究電梯按鈕的標示。

其中一個人惱怒地說：「世上怎麼會有人發明 étage 這個字來代表樓層呢？」

文字基本上都是隱喻，因為它們代表其他東西；我們經常忘記這一點，所以常把兩者混為一談。比利時畫家雷內・馬格利特（René Magritte）在《形象的叛逆》（*The Treachery of Images*）中畫出一支煙斗，底下帶有一行說明文字：「這不是一支煙斗」。我想這幅畫作應該要稱作「文字的叛逆」。

隱喻的手法的確是種「叛逆」。蘇格蘭詩人羅伯特・伯恩斯（Robert Burns）寫道：「我的愛像一朵紅紅的玫瑰，在六月裡初開綻放。」。莎士比亞的劇本中也有：「我是否該將你比喻為夏日？」在小說《歐蘭朵》中，吳爾芙諷刺地說道，喜歡用隱喻技巧的作家，平常必定話中有話。不過，隱喻、明喻、借代、擬人、轉喻……這些不是作家的專利。

科學家和歷史學家也會用隱喻來說明難以理解的概念。比如說，亞馬遜雨林是「地球的肺」，而原子的結構就像「聖誕布丁」一樣。

記者和評論家都用隱喻來快速喚起讀者的記憶，例如「這家咖啡館是咖啡愛好者的聖地麥加」。透過宗教上的比喻，讀者馬上就能想到，這個地方必定擠滿慕名而來的朝聖者。

政治家也會使用隱喻來宣導複雜的政策，以此影響人民思考方式。舉例來說，政府為了宣誓自己打擊毒品和犯罪的決心，便稱呼負責專案的警察為「緝毒戰士」、「罪犯剋星」，畢竟官方名稱「某某專案執行小組」一點感染力都沒有。因此，一些老掉牙的形容（如「天長地久」），就無法加深故事的意義或情感。

在杜斯妥也夫斯基的小說《罪與罰》一開頭，主角睡在一個棺材形狀的房間裡，讀者便不安地感覺到死亡的氣息。棺材的意象不斷出現，近乎執念一樣，滲透到讀者的腦海中。因此，作者不是平鋪直敘地在介紹人物、主題和情節。如果主角的臥室是有趣的多邊形，那讀者大概會以為他是無憂無慮的宅男或建築系學生，那也就沒有後來的罪刑與懲罰的情節了。

以下有一些簡單的比喻，看看效果哪裡不同：

她的裙子是紅色的。
她的裙子像血一樣紅。
她的裙子在飛揚，紅得有如一片秋天的落葉。
她的裙子像新娘的紅色禮服，令人感到幸福而快樂。
她的裙子是紅色的，有如警告標語。
她的裙子是紅色的，就像某些政黨的顏色般鮮明。
她的裙子是紅色的，有如玫瑰一樣。

每個比喻所傳達的意思都不同，全部排在一起，會令人感到困惑和矛盾。因此，不要在同一個段落放入太多隱喻；不經意地使用比喻，反而會造成反效果。

比喻，就是把某個事物的屬性轉移到另一種事物上，例如「這溫暖的陽光有如你對我的愛」。讀者藉此去推敲人物、主題、氛圍和情節。這個方法最適合用在介紹難以描述的事物及其特性。

透過類比，我們讓熟悉的事物變陌生，以重新審視它的特質；或是讓陌生的事物變熟悉，以快速地了解它。我們用它來傳遞情感、影響讀者的觀感。這是一種精煉與濃縮的技巧，可以呈現不同的美感。

這些都是隱喻的效果，但請謹慎使用，以免造成審美疲勞。

不妨找個平常的一天，看看隱喻會出現在哪些場合，如交談、簡訊、廣告招牌、新聞或電影，並分析它們能創造出哪些效果。

60 用外語寫作

「請原諒我，我破壞了英語的美感。」在課堂上分享他生動的作品前，來自法國的同學吉倫這麼說。大家常唸錯卡蒂扎的名字，於是這位來自孟加拉的學生乾脆以此為題材，寫出一個令人回味的故事。日本同學恭代喜歡在小說中用刪節號來表示人物默不作聲或現場不安的氣氛，有如漫畫的對白一樣。

出於個人選擇，貝克特用法語寫出他最好的劇本。這對他有好處，就像鍛鍊一樣，他的寫作肌肉因此能派上用場。雖然他法語很流利，但他的母語是英語。為了避免內容出現陳腔濫調，他刻意放棄最熟悉的語言，以強迫自己下筆前反覆推敲。對他來說，每個字都得來不易，雖然有點陌生，卻很有新鮮感。

翻譯的過程就像走入布滿小徑的花園。

若你選擇最接近原文字面意思的詞，難免會失去一些詩意。你還要考慮諧音字、五花八門的擬聲詞以及韻頭和韻腳，以保留原文中的聽覺效果。此外，字數也很重要，文字是有形狀的，段落的長短和分段會影響視覺效果。最後你要考慮言外之意，包括這個詞語的文化意涵，它是否帶有歷史感或懷舊感（如「出類拔萃」）。有時候，同樣意思的另外一個詞（如「卓越不凡」），會令人想起油腔滑調的商務人士。又或許它已被政治人物濫用了，因此是褒是貶，要取決於文章脈絡。如果某個字詞被濫用的話，就會失去魅力，因此沒有人會再注意到它了。

因此，訣竅在於用自己的不熟悉的語彙或外語來思考。這是一片可旋轉的雙面鏡，有時你看到自己，有時你看到外面的景色。找出令你感到陌生的字，並評估它的用途。重新認識你經常使用的字，看看能否找到新的意涵、情感和故事。

能用多種語言寫作的文學評論家喬治・史坦納（George Steiner）說到，語言就像眼睛，一種語言能讓你看到眼前的事物，兩種語言能讓你的視野更開闊。學習譯者的精神，鑽研文字、試著找出更多的意涵和用途。

61

大聲地朗讀對白

常開口就會有新發現，也能學習到新事物。為了表達自己的意見，我們得整理自己的想法，甚至從中找到新觀念。所以我們喜歡與他人討論事情。藉此釐清舊觀念並獲得新見解。因此，法國詩人崔斯坦・查拉（Tristan Tzara）才說：「想法在嘴裡形成。」

人類需要對話，正如故事需要對白。很久沒跟人聊天的話，我們會懷念。只有旁白的散文，就像封閉的小屋，窗戶打開來，新鮮的空氣才會進入。當角色說話時，故事才會開始。氣氛一出現，說話的聲音會更響亮、更清晰。但是糟糕的對話會壞了一個好故事。有些寫作者很怕寫對白，總是設法跳過，甚至貶低它的價值。

若想增進寫對白的能力，最好的方法是大聲唸出來。當然，對白一定要流利、可說出的；從你的腦海中釋放出來，你才能聽到它們的音調和節奏。

因此，你故事中的對白應該像給演員朗讀的劇本一樣，而且中間無須有大量的旁白解說。也就是說，你不能從第三者的角度說明這些對白的內容以及緣由，只能讓角色充分地展開對話。

不過，就像照片不是真正的人，對白也不是現實的對話，所以內容不要像逐字稿一樣。你只是創造對話的場景，具體而微地展現口常對話，因此不需要加上多餘的語助詞和狀聲詞。

寫完某段對話後，記得修飾一下，少一點旁白說明，讓篇幅更短。這樣一來，對白會更有力，停頓的間隙也會更有意義。除此之外，主角沒有說出口的話、刻意遺漏的訊息，都會代表他的心情，也會影響故事的走向。這些因素都是你要考慮的。

以《社群網戰》的第一個場景為例。編劇艾倫・索金（Aaron Sorkin）喜歡寫囉嗦的對話。人物在交談時所使用的詞彙，還有說話的速度、語法和邏輯都很流暢。記住，有趣的對話通常是跳躍式的。針對彼此的歧見，人們很少直接回應，而是習慣東拉西扯地討論。你只要在對話中加入關鍵字，某個角色就會突然生氣，讓場面變得火爆起來。

在課堂上，某位學員寫完對白之後，我會請其他學員來扮演其中的角色，就像讀劇一樣。這樣一來，作者就知道自己寫的對白是否流暢。如果內容語意不清又很多不常見的字詞，朗讀者就會卡住。事實上，他們像演員一樣，逕自修改對白並找到停頓點，才不會唸得氣喘噓噓。如果內容有太多重複而無意義的話，朗讀者和聽眾都會覺得煩躁。除了政客和單口相聲的表演者，沒有人可以一直說話而不被打斷。

對話寫得精采，讀者在片刻內就能抓到其節奏，並了解人物的個性。從人物的談話模式中，讀者能漸漸感受他的腔調、特質和情感，而且他與其他角色的權力關係會慢慢浮現。

朗讀結束後，我們便掌握了這些角色的細節，無需作者詳盡描述，我們就能想像這些人物的年齡、職業和髮型。這一點連作者本人都會很驚訝。從對白中，我們得知故事的脈絡，以及人物的個性、情感和心思。我們還能判斷這個場景是日常交流或關鍵時刻。就算作者承認自己偷懶沒寫上某段對白，我們也能解答故事中懸而未決的問題。

因此，找個不會打擾人的地方，大聲地朗讀對白，讓它們走出你的腦海。

62

靈光乍現的時刻

傳說，希臘數學家阿基米德在泡澡時突然跳出浴盆，一路裸身狂奔回家，口中大喊著：「原來如此！」因為他破解了一個棘手的數學問題：如何精確測量不規則物體的體積。就在泡澡的當下，他發現自己的身體就是不規則的物體，而它導致水位發生變化。最重要的是，他當時處於放鬆的狀態，所以靈感來臨時，才會突然失控，下意識地跑回家。

不少創作者都表示，他們會在泡澡或淋浴時靈光一閃。還有人興奮地說，靈感總是在睡前最放鬆的狀態下湧現——因此床邊要有筆記本。有些人是在半夢半醒時得到啟發。因此，睡前不妨提醒自己某個創作難題，搞不好一起床就有答案。

一些寫作者認為，自己不是創作者，而是故事選擇了自己。威廉・高汀說，他只是動手記錄自己潛意識流出的訊息，就這麼完成了一篇作品。阿根廷作家波赫士（Jorge Luis

Borges）主張：「寫作無非就是夢的指引。」澳洲記者羅伯・摩斯（Robert Moss）指出：

澳洲原住民總說，在那些重大、值得講述和傳誦的故事中，你總能找到生命的意義。而那些故事就像肉食性動物一樣，在叢林中埋伏，嗅聞、追蹤、悄悄潛近說故事的人。

夢境、靈感、頓悟、天啟……都不受意識所控制。透過理性思考，我們能完成學術和研究工作，但不包括藝術作品。在睡覺前，我們才能放鬆、安心地胡思亂想。除此之外，以下方式也有助於培養靈感。

冥想

如果想破頭還沒有答案，不如做一下冥想。如果你靜不下來，動態冥想也不錯，如氣功、太極或瑜珈。過一段日子後，看看你的幸福感是否有提升，這比寫作重要多了。

夢境日記

趁你還記得的時候，用床邊的筆記本記下你的夢，在黑暗中潦草寫完也沒關係。

自動書寫

超現實主義者最喜歡這種方法，因為它能釋放純粹的創造力。潛意識是個寶庫，當中滿是令人驚喜的連結。許多詩人都進入過這種如夢境般的狀態，法國作家布勒東（André Breton）便說過：「純粹的靈性自動書寫可以逐字傳達出思想真實的運作過程。在沒有理性的影響和控制下，思想支配一切，並超越所有美學和道德問題。」

快速書寫

每天一次，每次十分鐘連續不斷地寫。規則是：全神貫注、不要修編、不要停下來思考、不要劃掉、不要放慢速度、不要篩選，一直寫下去就對了。隨便挑個提示或念頭就可以動筆了。

遠離文字

另一種解放心靈之聲的方法是做一些完全不相干的事，最好是跟文字無關但需要專心做的事情，像是跑步、游泳、聽音樂、修家電、種花或泡茶，也就是跟正念有關的活動。詩和故事有自己的生命，等到靈感一來，它們就會自己成長了。

63 不按牌理出牌

你每天的工作都大同小異，行程也差不多。你知道最快到公司的路線為何，也知道哪邊會塞車。某天，有個突發事件打亂了你的行程，所以你今天的活動內容也變了。

你努力想辦法化解危機、思考替代方式。於是你第一次注意到路口的招牌和店家很有趣。你突然感到精神百倍，而且新的想法、感受源源不絕而來。意想不到吧！喔耶！

你可以把無厘頭當作自己作品的特點。「為什麼烏鴉會像書桌？」愛麗絲在仙境中碰到這個問題。而作者路易斯・卡羅（Lewis Carroll）大方地承認，其實他對這個謎題也沒有答案。他的作品很奇妙，充滿了想像空間，包括獨創的語言、概念和故事。超現實主義、達達主義、荒誕主義都屬於「無厘頭文學」（nonsense literature），而其關鍵就在於不按牌理出牌。

這個方法很好用，先用它來激發創作的點子，接著再放入整體的架構中。

英國導演麥克・李（Mike Leigh）喜歡在沒有劇本的情況下開拍，他與演員共同創作，用即興的方式推演人物和劇情的發展。美國舞蹈家阿米蒂奇（Karole Armitage）提到，即興創作的段落往往比預先編好的要出色，值得收入到作品中。英國畫家法蘭西斯・培根（Francis Bacon）認為，畫作是在意外中誕生的：畫家隨機畫了許多片段，最後再挑選最好的部分。作家威廉・布洛斯會剪下稿子上的段落跟文字，之後再重組，排列出有趣的概念和段落。音樂人布萊恩・伊諾（Brian Eno）和藝術家彼得・施密特（Peter Schmidt）設計了一套牌卡名為「迂迴策略卡」（Oblique Strategies）：隨機抽一張字卡，上面有提示，可用以解決創作上的瓶頸。

在創意產業中，眾人常常要腦力激盪，而最好的想法往往來自一句幽默的話、無意識的呢喃、錯誤的評論或出乎意料的聯想。

多練習創造隨機的元素，接著用全新的方式來書寫，比如從書架上隨便拿一本書，找到第三十八頁上面的第一個名詞當主題。接著開始寫，不管是詩文、小說，劇本、歌詞或散文都可以。即使你對它無感或厭惡，也要試著寫下去。

這就是困難所在。你得投入心力，思考並留意它的各種意義。在探索的過程中，也許你會變得興奮，而新的想法與感受隨之出現。這就是隨機的美感。

64 隨機的創作提示

嘗試用以下的指示或不完整的想法來寫個段落，看看它們能否釋放你的寫作能量：

在我生日的前一天……

今天與明天不同之處在於……

我拉開窗簾，外面……

一開始有……虛假的鏡子……

在黑暗中的軌道上，列車停下來，然後……

我看了看包包，然後……

嘗試不可能的事……

夜晚的意義……

一開始我以為……
她說她要離開了，但是……
熟悉的東西……
昨晚我做夢……

65

讓角色遇上突發狀況

貝多芬的手稿不像莫札特的那樣整齊，前者的手稿充滿了墨水漬，有許多修正和劃線的記號，以及用筆戳刺的小洞。稿子上憤怒的註解彷彿在自言自語，又像是在自我虐待。有些頁面只有微小的調整，有些全部重寫，甚至有些稿子有黏貼以及縫合的痕跡。在每一個創作階段，他都反覆修改自己的作品，力求完美。他從最簡單的想法開始打草稿，並記下散步時得到的靈感。換句話說，他先讓思緒自由地漫遊，然後才以超人般的才智嚴苛地進行創作。

有些作家會說，角色會有自己的意志與行動，但有些讀者無法忍受這一點。他們認為，是作家創作了獨特的世界，讓角色在其中行動。他可以鄙視、忽略某些人物，也可以欣賞某些角色。人物的經歷由作者決定，也許有趣、也許痛苦。角色也是由作者命名的。總之，故事的所有發展都取決於寫作者的才華。

作者打造了筆下的世界，就像上帝一樣，但請記住，絕對的權力會造成絕對的腐化。像我這樣任性的讀者，偏偏愛反抗或質疑作者的安排。作者就像暴君一樣，在廣場上大聲宣講，教育讀者該如何詮釋這個故事。正如有些頑童非常殘忍，會把蒼蠅的翅膀拔掉，而有些作家也會蹂躪自己的角色；這令我非常憤慨。

美國作家寇特・馮內果（Kurt Vonnegut）有自己的一套創意寫作法則（Creative Writing 101）。他建議說，最好讓主角色發生可怕的事，不論他們有多善良，這樣他們才會顯露出自己的本質，包括最好以及最壞的一面。因此，無論你是在寫小說、報導、電影劇本還是舞台劇，都要讓主角遭受考驗，讓劇情急轉直下，讓他們變成自己最討厭的人，說出以前難以說出口的話，以及做出不情願的事。不管在神話《伊底帕斯》和現代影集《黑道家族》中，都有這種橋段。

保持信心，試著去探索你的創作力。多多問自己：「如果劇情朝著另一個方向發展，會發生什麼事？」發揮想像力，挑戰不可能的任務，打造一個另類的故事。若你不喜歡，退回原點也沒關係。讓角色突然身陷不利的處境，其實很有啟發性，而且對於故事的其他面向也有好處。

66

成為你自己的編輯

既然創造者有絕對的力量，那麼就像其他的權威（父母、老闆、官員）一樣，既不是聖人，也很容易犯錯。這時就需要旁人睿智的意見。

在美國詩人艾茲拉・龐德（Ezra Pound）的裁剪和調動下，T.S.艾略特的《荒原》以喬叟式的春天開啟篇章。艾略特的妻子薇薇安也在打字稿上做了密集的註解。瑞蒙・卡佛（Raymond Carver）的小說能有一套獨特的極簡風格，全靠編輯戈登・利希（Gordon Lish）的大量編修與建議。

讓潛意識自由漫遊後，你用盡了洪荒之力創作，然後進行微調。在你遇到像龐德或利希這樣的一流編輯前，你得學會編修的工作。

做你自己的編輯，讓你的作品煥然一新，連自己都認不出來最好。

嘗試以下這些方法：

完成稿子後，大聲朗讀出來。

第一次只看結構是否完整，第二次只看流暢性，第三次檢查情節，最後看看整體的風格。

刪去不雅和無用的句子、不明確的措辭。調整對白中語氣矛盾的部分，刪掉不必要甚至令人討厭的重複句。

檢查標點符號和挑錯字。

查證事實、確認資料來源。

再大聲朗讀一遍。

用大小不同的字體、排版方式印出來，看看能挑出哪些小毛病。

睡在上面（sleep on it，編按：此為雙關語，意謂沉澱一下）。

暫時放到一邊，做點別的事，繼續你的日常活動。

過幾天後用全新的角度再讀一次。

接下來請其他人來試讀，這是一部全新的作品，所以他們不用睡在上面或幫忙調整字體。除了你的寫作同好外，最理想的試讀者是博覽群書、心懷善意的愛書人，他們不會跟你競爭，也不會嫉妒你的才華。請先提供簡介，好讓對方有個心理準備。你也要告訴對方，你希望他對用詞、結構或主題發表意見，或想請他吹毛求疵、挑看看有沒有小毛病。

理想的試讀者會提供多層次的回應；最好當面討論，並表達對他的感激，因為他們幫了大忙。放下你的自我，專心聆聽對方的評論，接著發問、來回討論。滿載而歸後，再重新編輯你的作品。有必要的話，可以再徵求其他的試讀者。

你也可以花錢尋求專業人士的意見，包括文學評論家、編輯、學者、審稿人等。他們能提供指導，甚至幫你組織工作坊。這些專家也會接觸到出版商。務必查驗他們的身分背景，確認對方不是業餘人士，畢竟是要付費的。

投稿成功後，出版社的編輯就會與你聯繫。他會仔細瀏覽你的作品，留意微小的細節。他們會照顧、保護你的稿子，帶領它們前往快樂的出版園地。

為了訓練自己的編輯力，不妨寫一部「微」史詩。從字面上來看，這個練習會令你感到困惑，因為「史詩」是大部頭的作品：故事曲折、意義深遠、時間跨度長、細節豐富、字數驚人。不過，你也可以試著濃縮它，僅用三百字來講述一個人事件，最後再下一個有趣又有啟發性的標題。情節的編排不用按照時序，重點是讓故事要好看，頭尾對調或跳接也會令人印象深刻。

因此，嘗試以下這些練習：

濃縮一部現有的長篇小說。

簡述一部電影或劇集的情節。

撰寫某個國家、企業、宗教、科學發現或概念的歷史。

寫你的人生故事。

PART 3

寫出幸福人生

接下來，你會得到一些具體的建議，

牽涉到毅力、實踐以及未來的目標。

我也會繼續跟你討論寫作的動機，

包括報酬、培養韌性和解決生活的煩惱。

事實上，創意寫作的確能對生活產生正面的影響。

The Happy Writing Book

Discovering the Positive Power of Creative Writing

67 出版不是創作的最終目的

古希臘哲學家伊比鳩魯建議，其實我們可以質疑自己的各種欲望。不如常問自己：「如果這個欲望得到滿足，我會怎樣？那如果沒有，又會怎樣？」

作品出版的當下，作者都會感到激動又開心，但也會因此迷失方向。有些人發現，一心想獲得出版商的青睞，反而會失去創作的自由。事實上，當你寫作的欲望大過出版上市，那你發表作品時會更加快樂。

想要寫一本暢銷書嗎？為什麼呢？若是為了養家餬口，那麼我建議你嘗試其他的方法。世上還有許多更穩定、更有效率的謀生方法。

若是為了獲得名聲，那更不要投入寫作。越渴望外在世界的成就，內心就更會感到空虛和不滿。作品出版代表獲得外界的認同，讓你感到自己的努力有人看見；銷量、好評和獎項更是錦上添花。但是，它們像糖霜一樣可口，卻很快就會化掉。不如改變你的視角，由內而外看待寫作的價值。

重點是，寫作的樂趣在於創作的過程，一字一句地探索內心、構築想法。不要考慮後果，盡情創作，把寫作融入到你的生活中。

同樣地，你的人生也是一件正在進展中的作品。

68

保持初心

一九六〇年，美國的管理學者提出了學習四階段（Four Stages of Competence），以指出人們如何有效地學習技能：

第一階段，「無意識地不能」（unconscious incompetence）：你沒有意識到自己不知道的人事物。這種無知是初學者才能享有的幸福感。

第二階段，「有意識地不能」（conscious incompetence）：你意識到個人任務的範圍和複雜度，也知道要培養哪些能力，雖然你的程度還不夠，但你知道如何學習和改進。

第三階段，「有意識地能」（conscious competence）：你發現自己做得到，但必須刻意地保持專注。

第四階段，「無意識地能」（unconscious competence）：自然而然就能完成。

這套理論能套用在生活的各個領域，但我認為不適合用在創意寫作上，因為優秀的創作者並不會進入「無意識地能」這個狀態。

創意寫作是一項挑戰，總是會給人壓力和痛苦。除非你在嘗試自動書寫或速寫，否則就得保持專注。如果你無意識地寫，你的作品就會變得不痛不癢，讀者也不會把它當一回事。

因此，認真而迷人的寫作者在創作時是處於第三階段，即「有意識地能」。這種提心吊膽的態度，不光是業餘作家的心情，即便是資深的創作者，也要全神貫注才能把作品寫好。德國作家湯瑪斯・曼（Thomas Mann）認為，跟一般人比起來，作家要下筆更難。美國作家約瑟夫・海勒（Joseph Heller）發現，他所認識的作家都有寫作障礙。大文豪托爾斯泰則建議，每次沾水筆浸入墨水瓶時，你都應該順便滴入幾滴血。

創意寫作不是「與生俱來的能力」，正如游泳和雕塑一樣。就連才華洋溢的畢卡索也一再強調，認真創作會生出靈感。想寫出好的作品，就要投入精力。這不是在感嘆，也不是要打擊你的信心，而是要鼓勵你，有努力就有收穫。

所以，若你遇到瓶頸的話，請不要苛責自己。不管你多麼有自信、不管你寫了多少年，你永遠都會像初學者一樣焦慮不安，我也是。

寫作者始終都是學生，我們努力吸收知識、提升理解力與覺察力，並對自己以及他人保持好奇心和熱情。由此可見，創作是多麼棒、多麼重要的活動。

69 從退稿中學習

在我的櫃子深處藏了一本書，那是一份未出版的手稿，就落在層層堆疊的研究資料和退稿通知之下。我把這本小說稱為「破書」，但學生都喜歡聽我說它的由來。

這本小說寫到一半就走歪了，不管我再怎麼修補，連主角、結構都改了，還是沒救。我重寫了每一個句子，包括說話的語調、風格和詞彙。而且這還是在初稿完成後才開始動工的，雖然初稿本身就已經改了很多次了。一開始，我草草做了筆記，接著收集資料，完成後還自己做了編修。除了日常工作外，我花了三年時間在這本破書上。我的經紀人花時間讀完了，也設法寄到各家出版商，後者也用心地給予指教（並把稿子退回來）。

退稿令我質疑自己寫作的動機。但我找到答案了，這本破書帶我抵達了身體、情感和精神上的新境界。我渴望完成這部小說，因為它，我的人生變得更加豐饒。為了收集素材，我設法去理解許多人生不可避免的苦痛，包括死亡。我也學到必要的寫作技巧。

盡己所能地去寫，雖然很辛苦。

接受失敗是另一項功課。總之，在堅持不懈下，我終於學會了這一切。無論外在的結果和成就如何，在人生的路上，我一定會不停地寫。

於是某天，我就把這本破書、相關的資料和退稿信都放進了櫃子。是時候進行下一個寫作計劃了。這本破書不是終點，而是我成長的一個階段，它和我後來出版的作品一樣重要。

如果你的櫃子裡也有一件破碎的作品，請不要為此感到遺憾。不要再後悔哪裡做不好，而是問問自己，你從中學到什麼，會不會持續下去。

70 寫作讓你常保年輕的心

許多作家都從腦神經學家奧利佛・薩克斯（Oliver Sacks）所描述的病例中找到靈感。在《錯把太太當帽子的人》中，當事人失去理解和識別事物的能力，周圍的世界變得陌生而新奇。隨著他的描述，我們也彷彿第一次看到身邊那些尋常的事物。他檢查那雙戴了很久的手套，彷彿從未見過一樣。他描述了它表面的質感和形狀，他以為這是用來裝不同大小硬幣的錢包。

熟悉的物體變新鮮，我們的內心也重新開機，突然對身邊的人事物不覺得厭倦了。

小時候，我們的感覺都很強烈，對一切感到新鮮又新奇。我們會學站立、寫字、游泳和探索大自然。那些片刻閃閃發光、細節豐富，一直留在我們的腦海中。我們內心沒有負擔，無憂無慮地到處冒險。我們只欣賞萬物的美感，而不多加解釋。我們尚未被偏見或熟悉感麻痺，所以時時刻刻都覺得驚奇。

這是個失落的天堂，透過創意寫作，我們就能回到那裡，找回強烈、清新、新奇的感覺。華茲華茲（William Wordsworth）寫得很貼切：

曾幾何時，草地、果園、溪流，
這大地以及一切尋常所見，
在我眼裡，
都披著天國光輝，
帶著夢境猶存的絢彩。
如今，往昔不再，
不論我去往何方，
不論白天與黑夜，
昔日所見卻不再重現。

這位浪漫主義詩人著迷於單純而強烈的感覺，但不光是他，現代主義者和後現代主義者也一樣，他們熱愛兒童、素人和精神病患者所創作的非主流藝術。在莎士比亞和貝克特的作品中，都有一些大智若愚的角色，他們像孩子般自由自在，而且講話直接又引人入勝，值得反覆回味。

保持好奇和開放的心態，專心投入創作，就能釋放另一個自己。這個人永不感到厭倦，也不怕被打擾，正如童年時單純而無知的你。由此可知，寫作能讓你永保年輕。正如智者常說的：重拾快樂的童年永遠不嫌晚。

71 在創作中體會心流

時光飛逝，人一下就老去，所以我們都想好好把握人生。生命終了時，一切都會化為塵埃。所以我們該享受當下，從事一些令人愉快的活動，當中涉及觀察力、專注力、想像力及其他技巧，這也包括創意寫作。

每當我在寫作時，時間都會像停止一樣。我彷佛待在不同的世界，遠離憂慮和煩惱，專注於當下的活動。時間在不知不覺中流逝，我才突然發現自己好幾個小時沒有離開座位了；外面天色已暗，我也忘了開燈。

有位朋友在度假時去海邊畫了一艘船，她說：「畫畫的時候，反而是我變成了那艘船。這跟拍照完全不一樣。我花了幾個小時畫畫，認真觀察船的細節。當我回頭看這幅畫時，才突然想起螞蟻爬過腳趾以及腳踩沙灘的感覺。」

「我變成了那艘船」，我喜歡這個說法。佛家有云：「萬事萬物相互依存、相互交織、相互平衡。」這是一種自我臣服；你變成了自己筆下的文句、場景和角色。

俄國小說家帕斯捷爾納克（Boris Pasternak）提到，作家沉浸於創作時，就會進入一種神祕的專注狀態。後來匈牙利心理學家契克森米哈伊（Mihaly Csikszentmihalyi）稱此為「心流狀態」。在帕斯捷爾納克的小說《齊瓦哥醫生》中，主角用「流動的手」速速寫下幾首舊詩以及新詩的點子，準備就緒後，開始創作新詩：

兩三個詩節浮現在紙上，許多意象令他感到驚訝。作品佔據了他的心，他覺得自己到了出神的境界，原來人們所說的靈光乍現是這麼一回事……

語言——美與感官的家園和器皿，它開始自主性地思考與說話，並形成了音樂。但這不是外人可聽見的聲音，而是內在力量在衝擊與流動。

主角沉浸於創作中，他放下自我、心滿意足。他融入了這股不斷向前移動的內在力量。不光如此：

他不再自責或感到不滿，也暫時放下了自卑感。

齊瓦哥情緒高昂，自責和不滿都暫時消失了。這多麼鼓舞人心！

因此，敞開心扉，多花點時間在創造性的工作上，試著體會心流的能量和驅力。回到你的書房、筆記本或電腦上，一次又一次地拋開自我，感受那正面的力量！

72

筆勝於劍

如何對付霸凌者、歧視者和掠奪者？

將他們化為寫作材料。

不要畏縮。

分析他們。

揭穿他們。

裝進字裡行間。

卸下他們的武裝。

可憐他們。

宣揚不同的世界觀。

這是最快樂的勝利。

73

真實是最基本的要求

「真實」往往是相對、不完整、主觀且會變動的，儘管如此，我們仍需抓住一些穩重的錨才能過活。證人上法庭時，要宣誓「我說的全是事實，一點也不假」，出版業為了做出市場區隔，也把出版品分為紀實報導與小說。

可敬的作家（特別是詩人和小說家）都會主張，寫作一定要求真求實。美國作家尤多拉・韋爾蒂（Eudora Welty）在她一九五五年的文章〈小說中的場景〉（Place in Fiction）中指出：「藝術從來不是一個國家的傳聲筒；它更為珍貴，是個人的聲音。不要只講安慰人的話，而是要盡其所能去說出真實的話。」然而，哪種藝術形式最能呈現真實？「最明白、直接、多變且全面的藝術作品，就是小說。」

這就怪了，創造虛構世界的小說家如何能呈現真實的樣貌？這難道不是記者、傳記作家和歷史學家的專長嗎？別開玩笑了，即使是客觀的科學和法律文章，背後也有特定的視角與限制，包括情感、政黨派系和知識領域等。

試試看，以過去為場景，用第一人稱寫兩個可信的故事：一個是某人真實的經歷，有憑有據；另一個是根據現有資料而發想的虛構故事。接著問自己，第一個故事是否完全真實，一點虛假之處都沒有？而後者是否完全虛構，一點真實之處都沒有？

我們處於所謂的「諷刺時代」，大部分藝術作品都有輕蔑和挖苦的成分。要創作真誠的作品越來越難了。事實上，好的作品不一定要特別繁複或精巧，但要能傳達出真實的樣貌。

「真實」是什麼意思？法國小說家紀德（André Gide）說得很好。他在一八九一年的日記中寫道：「寫作最難的就是保持真誠。下筆前三思、展現作品的真實性是非常重要的。此外，文字絕不能先於概念，前者只能為後者服務。你的用字必須令人無從質疑；同理，每一個句子、段落到整篇作品都要令人折服。」

「真誠地寫作」，不管你如何詮釋這句老掉牙的話，你都得承認：概念比用字更重要，不要寫出空洞的話語。

呈現出你最真實的情感，不管它有多討人厭，也無需說什麼安慰人的話。

唯有以真理施肥，才能培養出珍貴的花朵。

74

寫作有助於各方面的成長

出乎意料地，我收到一位女士寄來的電子郵件，她在兩年前參加了我的創意寫作班。她輕鬆地說道，她還沒有寫出偉大的小說。事實上，她根本沒有完成任何作品。她想告訴我一些別的事情。

上了這門課後，她的工作狀況改善了，她能寫出更精簡的電子郵件，也常得到正面的回覆。她能更快速、更冷靜地解決客戶的問題。她的業務報告獲得好評。經理注意到這一切，並幫她加薪。幾個月後，她升遷並再次加薪。

她的小說還沒有動筆，但這沒什麼大不了的。

好消息是，透過創意寫作的訓練，她學會了更有效地進行溝通，同事也更了解她了。她的表達能力、同理心、自信心和能力都提升了。她在情感上等各個層面都有所收穫。

憤世嫉俗的人堅稱，學寫作是在浪費時間。他們認為，去上課也寫不出轟動文壇的作品。他們是對的，大多數的學員都沒有寫出大作。但這不根本是重點。

喬治・桑德斯強調，即便許多學員沒有完成或發表作品，學寫作還是有用的：

在這過程中，學員試圖想說些什麼，並逐漸體悟到，寫作牽涉到技巧、世界觀和自我意識的問題，這都跟培養品德有關……我一再看到，這個過程使人更有尊嚴，且各方面獲得進步。

聽從桑德斯的建議，學寫作即追求成長，而且這條路沒有盡頭。

75

日記是你的心理治療師

寫日記很好，但前提是你能無拘無束地寫，而且不給任何人看。這本身就是一種練習。也許你會有意想不到的收穫，總之一切都取決於你。

「我總是說，寫日記吧，總有一天換它記下你。」美國演員梅・威斯特（Mae West）在電影中是這麼說的。其他作家也說過類似的話：「好好照顧你的店，你的店也會照顧你。」寫作的道理用在做生意上也行得通，這並非偶然。

政治人物總是勤於寫日記，不過這背後有其目的，往後他要進行政治操作時，就可以從中取材。時機成熟後，他就會請人整理成結構完整的專書，並加上後見之明的評論，以此取得渴望已久的歷史地位。這類回憶錄總是非常生動，內容滿是政治活動的細節。其他公眾人物如運動員、演員和企業家也一樣，花時間心力投資文字，只是為了往後某種目的。

埃及女性主義作家薩達維（Nawal El Saadawi）從小就偷偷寫日記。她藉此暢所欲言，並表達她對威權主義和父權社會的不滿。她往後會成為非凡的作家、精神病學家、教師和社會運動者，都要歸功於她早年寫下的日記。

有作家朋友在青春期時開始寫日記，那段日子他備受煎熬，許多事無法說出口。十幾年後，他以自己的日記為靈感，製作出扣人心弦的播客節目。

另一位作家朋友在一九六〇年代寫下自己的青春日記，當中充滿了成長過程的點點滴滴。現在回想起來，這本日記就像心理治療師一樣，陪她度過那段痛苦的歲月，儘管她當時並不知道有這種功用。

親愛的讀者，不妨開始寫日記吧！不需要有什麼動機，但只要寫得夠久，也許你就能從回憶中找到好的創作素材。

76 改編歷史

前些年，有位與我親近的作家朋友患了絕症去世。我非常想念他，所以努力記下跟他有關的回憶，大大小小都不遺漏。最終，我把他寫進小說中，成為某個配角。在我的創作世界裡，他沒有死，還活得好好的。

這是一個普通人的歷史，但對我來說很重要。

你可以改寫大歷史，就像羅伯特・哈里斯（Robert Harris）的《祖國》，在這部架空歷史小說中，納粹贏得第二次世界大戰。這是一種顛覆性的創作法。昆汀・塔倫提諾的復仇故事頗有歷史修正主義的色彩，總是大快人心。在《惡棍特工》中，猶太人暗殺納粹領導人；在《從前，有個好萊塢》裡，邪教「曼森家族」的成員反而被修理了。

身為創作者，你可以自由地回顧歷史，無論是個人的人生或大時代，並改寫這些往事。歷史通常是由勝利者書寫的，所以你可以從不同的角度重寫，比如揭露無人知曉的祕辛，或是天馬行空地創作，重塑一個顛覆的世界觀。

好好享受創作的自由吧！

77 假想不同的現實情況

寫作可以改變你對當下生活的看法。不管你現在有多失望、感受到多少屈辱，都可以透過寫作來修正或調整。你可以想像自己在某些場合做各種活動。寫出你理想中的人生，正如電影《說謊者比利》的主角一樣，為了逃避煩悶的生活，所以常常幻想自己是戰爭英雄。

你對生活的觀感取決於詮釋的角度；從不同的角度去理解和欣賞，你才能忍受殘酷的現實。在《安妮的日記》中，安妮・法蘭克（Anne Frank）創造了一個小宇宙，讓她這個孤單少女能掌控自己的時間和空間，以遠離大人的監控和恐怖的外面世界。

透過寫作，你能延續一段已然停止的個人歷史。雷格・湯普森（Reg Thompson）在《親愛的查理：給離世女兒的信》（*Dear Charlie: Letters to a Lost Daughter*）中，寫下一封封令人心碎的信件，以表達對離世女兒的想念。在序言中他談到：「寫信就像跟她說話一樣，好像她還沒過世，只是去度假或念寄宿學校。除了談日常生活中的小事。最重要的是，我想告訴她我有多麼愛她，永遠也不會變。這是一種執著。寫作時，我沉浸在與她的回憶中，彷彿她還在這房子裡跟我一起聊天。」

透過創作的假想，我們也能預測當前社會的危機。許多事情的核心外圍都繞著一圈圈的表象，所以大眾看不到真相。創作者總是在想：「如果某事一直發展下去，會發生什麼事情？」於是他突然意會到，實際上大家在做危險的事情。因此，許多科幻推理小說，都是在諷刺當前的局勢。

英國作家強納森・史威特（Jonathan Swift）在他一七二九年的小冊子《一個卑微的建議》（*A Modest Proposal*）中，透過貌似嚴肅的口吻，來揭露社會的殘酷和虛偽。他先感性地談到當時愛爾蘭的人民有多窮苦，並提出一個務實的解決方案：將窮人的孩子賣給有錢人。喬治・桑德斯於二〇一二年的小說《森普立卡女孩日記》（*The Semplica-Girl Diaries*）也一樣「不合時宜」。敘事者是一位有抱負、開朗的平凡人，而其情節就像一面黑鏡，映照出這個時代殘酷的現實：消費主義、全球化的不平等和人的商品化等。為了加強效果，作者還發明了一些冷酷的奢侈科技。

這些作品都是給現代人的訊息，雖然我們也只能接受現況。但透過寫作，你就可以暫時逃離現實，想像事情會有更好的發展。誰知道呢？也許理想的世界真的會實現。

78

實現筆下的預言

阿道斯・赫胥黎（Aldous Huxley）和瑪麗・雪萊（Mary Shelley）大家都很熟悉，他們受到當時的科學新發現所啟發，進而創造出不尋常的小說世界。但我們常常忘記，現實世界中有許多科學新發明其實是源於科幻小說。

美國物理學家羅伯特・戈達德（Robert H. Goddard）揭開了太空時代的序幕，他製造出世界第一枚液體燃料火箭，而這要歸功於他在青少年時期讀了H. G.威爾斯的《世界大戰》。科幻小說家以撒・艾西莫夫（Isaac Asimov）在一九四二年的某篇小說中提到「機器人三大定律」，它至今仍受到人工智慧和機器人產業的重視。科技巨頭Oculus VR的創辦人拉奇（Palmer Luckey）就是受到小說《一級玩家》的啟發才投入虛擬實境的領域。而這本小說就是他給員工的「指定讀物」。

加拿大小說家艾略特・佩珀（Eliot Peper）在《哈佛商業評論》上發表〈為什麼商業

領袖需要多讀科幻小說？〉，內容提到，科幻小說讓我們從新視角看待事物，進而設法打造新世界。所以微軟、蘋果、谷歌等公司都會聘用科幻小說家來寫文案。

創新產業的顧問伊茲利・卡列巴赫（Ezri Carlebach）說：「我喜歡探索人類少為人知的面向，也就是天馬行空的想像力。最近《紐約客》有篇文章也談到，試著合理化不合理的事情，也是一種思考練習。」

的確，古代人會把狩獵的過程、夢境或回憶描繪在洞穴的岩壁上，還創作出半人半獸的神祕生物。此後人類就不斷在發揮想像力。

「重點是，」卡列巴赫繼續說：「人類有辦法想像不存在的事物，所以才能花費數小時計算方位角和仰角，好讓企業號太空梭航行於太空中，或是爭論克蘇魯神話或尼斯湖水怪的真實性有多高。就算我們不真的相信這些異想世界存在，但還是可以想像、描繪並寫出相關的故事，甚至拍成電影。與此有關的產業很龐大，許多人都靠著想像力謀生。」

除了奇幻和科幻小說外，還有政治預言小說。在我的小說《電視總統》（*The TV President*）中，某位實境秀的名人獲選為某個大國的總統。現實中，有位在影集中扮演總統的喜劇演員成為了烏克蘭的總統。讀者對此感到驚訝且興奮不已，紛紛與我聯繫，說我是預言家，小說出版十多年後終於成真。

「神預言」總是發生在小說家身上。美國小說約翰・厄普代克（John Updike）在〈為什麼寫作？〉提到，他的小說也常預見未來；他所創作的人物居然會出現在他的生活中。事實上，作家不是憑記憶創作，而是從現實中衍生題材，所以他們的想像才那麼容易實現。

在創作的過程中，我會沉迷於某些人事物，不斷觀察、發揮想像力，還讓那些畫面成為我的美夢（或惡夢）。寫作變成一種執著，也許我該做別的事情來滿足它，比如寫紀實報導就直接多了。但創作小說是另一回事；從現實出發，而過程中帶著神祕和冒險的色彩，不光要推敲文字，還要探索各領域的資訊。某種意義上，所有小說都是科幻推理小說。

想要實現未來的話，以下的練習很有用。假裝你完成了一部作品並寫了評論，而且是你理想中的正面評價。評論人也許是你自己、家人、朋友、試讀者或文學評論家，而內容提及類型、形式、主題、風格、美感、影響力、競品和潛在讀者。這不是在寫書籍簡介，所以多寫一些細節，也不要吝於讚美自己。

寫完後，請注意這篇評論帶給你什麼樣的想法和感受，接著記下來，時不時就拿出來閱讀。提醒自己，你寫作就是為了實現它，未來就在你手中。

79

度過不安的日子

在某次演講中，有位犯罪小說家提到，他和朋友有次遭到搶匪襲擊還被擄走。這段經歷非常可怕，他在驚恐萬分之際心裡想著，也許他能從中學到一些事情。

許多創作者都說過類似的話。

在我最艱困的日子裡，我內在的創作者也還在工作。寫作就像正念練習一樣，讓我試著去觀察內心的想法、感受和外在事件，而不是被它們吞噬。

當然，我不是為了激發靈感而過得那麼苦，但人生總有掙扎和被傷害的時候。對於作家來說，這些負面的經歷都會成為創作的素材。一九四五年，美國移民作家阿內絲・尼恩（Anaïs Nin）寫道：「偉大的藝術作品都是誕生於莫大的恐懼、孤獨、壓抑和不安，而創作會幫你找回平衡。」不偉大的作品也是。

80 寫下負面經歷的療癒力

美國作家賀絲頓（Zora Neale Hurston）在一九四二年的自傳作品《公路上塵土飛揚》（*Dust Tracks on a Road*）中寫道：「人生最痛苦的事，就是承受你內心不為人知的痛苦。」美國社會心理學家詹姆斯・彭尼貝克（James Pennebaker）研究了語言、創傷和康復之間的關係。特別的是，他研究了對創傷守口如瓶與自我揭露對於健康的影響。在這份開創性研究的啟發下，心理學家和精神科醫師也想了解，「表達性寫作」對於身體症狀、免疫力、術後恢復以及癌症發病率的影響。結果發現，不時寫下最深刻的想法和感受，健康狀況會比較好，當然看醫生的次數也會減少。

根據這個研究的精神，你也可以自己練習看看。你對某件事想太多、擔心太多，就提醒自己每天花十五分鐘寫下來，但最多持續四天就好。（在日常生活中，無需一直記下動盪的事情，否則反而會陷入負面循環。）為自己而寫，也不用與人分享。寫下你的真心話，而不是自以為應該要寫的話。保持開放的態度去描述事情，不用擔心文法或寫錯字，以免你不經意地開始自我審查。這些筆記可隨時銷毀，無需留存。如果這個方法對你無效的話，就再嘗試其他的。若你懷疑身心上有某些狀況，請諮詢醫療專業人士。

面對日常的煩憂和悲傷，我個人的寫作療法是：列出令人沮喪的事情，接受它、處理它，最後再去想來龍去脈。總之，就是面對問題並認清它們的本質。有時我會驚訝地發現事情很簡單，否則在寫下來之前，心情都很沉重。逐一列出討厭的人事物後，就不會那麼煩心了，寫作當然不能解決問題，但可以化解一些痛楚。

以上是為了療癒而寫作，藝術創作則是另一回事。

藝術是對現實的昇華，藝術家還要生產獨特的概念和作品。不管在煉金術、化學或心理分析領域，昇華都是指狀態的轉變，要說轉向、轉化、轉型也可以。

吳爾芙在她的散文集《回憶隨筆》（*A Sketch of the Past*）中寫道：

> 遇到狀況時，我會先非常震驚，然後才有解釋它的欲望……變成文字後，它才會成為完整的問題，這時它已經失去了傷害我的力量。我因此化解了痛苦，修補斷裂的部分

時，我得到巨大的欣喜。這是人間最快樂的事。寫作時，我得把事物歸位、修正場景、讓角色成型，這些工作令我感到狂喜。

吳爾芙結合了治療性寫作和藝術性寫作的樂趣，這兩種活動都是為了實現完整性和連貫性。

81 越寫越快樂

寫作者從痛苦的經歷中取材，這非常合理。不過，若有人著迷於異乎尋常的痛苦，就不是件正常的事。因此，我們不需要刻意去受苦來獲得靈感。寫作可以讓我們看到負面經驗的多重面向，但也可以用來頌揚正面的經歷。

舉例來說，寫這本書就讓我感到快樂又心滿意足，每天都充滿活力。

在創作小說的過程中，不管完成的章節或場景有多黑暗，我都能得到充分的滿足感；因為我全神貫注，並完成目標。就算生活陷入困境，寫作還是能帶給我內心的平靜與安定感。

在撰寫愛情人物誌的過程中，我收集了不少真實故事。那段日子我每天笑臉盈盈，就有如《愛麗斯夢遊仙境》中的柴郡貓。我在書中寫道：

看到有情人終成眷屬，我也感到很幸福。採訪他人、聆聽故事是一項快樂的任務。有對情侶欣然接受我的邀請，他們說：「一同回想交往的過程，就有如再走一次那段幸福之路。」相較於悲觀的人，以樂觀態度生活的人更能遇到好事。因此，比起菠菜或巧克力，幸福的故事結局讓人更健康。

在回憶美好時光的過程中，受訪者得到全新的快樂體驗。聽到一個快樂的故事，我們會感到更快樂。學生在課程上分享了正面的故事後，都發現自己變得更快樂了；可見分享這個動作能放大並證實快樂的體驗。

寫快樂的事情，自己和他人都會感到開心。

82

概括承受

辱罵和貶低是負面的批評方式，而提出有建設性的意見，就是正面的批評方式。在深思熟慮後做出評論，你也會更了解自己的看法和價值觀，還會有新發現。這些評論能幫助對方解決創作上的問題，也間接解決你自己的問題，而寫作技巧也會更好。

接受批評並不容易，難免會產生挫折感。每個人都渴望得到讚美，但真實的反饋才有意義。報名寫作班、加入寫作團體、參加作文徵選活動或把作品寄給專家，都能得到一些實際的建議。讀者的回饋很有用，是寫作過程不可缺少的一環。

因此，寫作的第一堂課便是：凡事沒有正確的解釋。寫作總是有些意圖，但你不會清楚知道它們的內容，你也不應該知道。有創造性的作品多少有些神祕的元素，甚至連創作者自己也搞不懂。你無法掌控自己作品的所有意義，但可以盡力去傳達你的看法。

讀者會讓你發現他們的喜好，也理應讓你感到驚訝。你寫出世界末日，希望讀者為了人類的慘狀而哭泣，但他們反而把它當成荒謬劇。他們的誤解令你受傷，但往好處想……原來你比自以為的還要有趣。既然如此，請堅持下去，發揮你的喜劇專長。當然，你也可以重新思索你對悲劇的理解。

針對同一部作品的某個段落，每個讀者不滿的點都不一樣；有人覺得作者寫得太模糊，有些人覺得用詞沒品味。但至少你知道這一段有問題，即使這兩種讀者都沒找到關鍵之處。

收到評論後，你的作品會往兩種方向發展：有的讀者會更加喜歡，而另一邊的讀者則更加討厭。不要忘記你的創作本能，聆聽兩造的意見，理解他們的解讀方式，再決定如何編輯。你收到的反饋越多，編修的能力就會越好。

你的作品不管是交給出版商、自行出版或上傳到閱讀網站，都會產生雙頭馬車的效應；有人喜歡，也一定會有人非常痛恨它。

因此，在你作品傳播到各個通路前，最好先挑出其中明顯的瑕疵。與其被陌生的讀者批評，不如先去請教值得信賴的專業人士，如編輯、文學評論家或寫作團體，從他們的回饋中去修正錯誤。

無論收到什麼樣的批評，都要勇於虛心接受，且保持禮貌和風度。這對你有好處，至少讓你不會太自負。天主教的改革者羅耀拉就說過：「在微笑中變得更堅強。」

83

用全新的角度看天空

在藝術學校時，星期二是我又愛又恨的日子。那天要上畫畫課，包括描繪人體、靜物素描或風景，並使用特定媒材（蠟筆、炭筆、鉛筆、油彩、不透明水彩、透明水彩）來達到最佳效果。這聽起來很容易，對吧？反正所有藝術作品都是用五種線條畫出來的。身體、頭再加兩條腿，瞧！人像完成了。

仔細看，其實腿在現實中不會那樣擺。光和影的呈現方式也很不切實際，因為它們時時刻刻都在變化。根據透視法的原理，有些線條不能照直覺走，有時你必須突然畫垂直線，或用曲線取代直線，為了要呈現米色你得畫紫色……在這片景色中，你還要選出想強調以及忽略的細節。

你必須仔仔細細地觀察。

「首先建構場景。在紙張下面墊一張白紙，」一位老師說：「紙張的白色也是畫作的底色，它能充分呈現水彩的透明度。」（就像在音樂或演講中，停頓也是一種技巧。）

另一位老師說：「不要用線條作畫，尤其不可以畫一直線。炭筆放平，用光線和陰影描出身體的形狀。純粹從光影的角度來看這個主題。」先勾勒輪廓，再填充、畫出心裡感受到的樣子，畫作才會更自然。

這些練習既困難又有趣，所以我才又愛又恨。老師教我用更透徹、更敏銳的方式看事物，對我終身受用。

改掉一個習慣並不容易，尤其是觀看事物的方式。無論是散文或詩，好的作品都跟感知有關，但我們很容易寫一些老掉牙的句子，比如「如玫瑰般芳香」，這感覺很美很浪漫，但玫瑰花聞起來究竟是什麼味道呢？

在崔西・雪佛蘭（Tracy Chevalier）的歷史小說《戴珍珠耳環的少女》中，荷蘭畫家維梅爾請他那位戴著珍珠耳環的女傭去辨別雲彩的顏色，她的第一個反應是「白色」。維梅爾說不對。她仔細地再看，就發現有黃色，然後是藍色和灰色。她看到雲彩的多樣顏色，就像維梅爾一樣。

以下這個練習看似很簡單：描述天空。每個人都會寫出陳腔濫調，因為我們學過太多範例了。所以請你先看看天空，彷彿是第一次看到。留意你所看到的特徵，並用自己的話來表達。先講求意思明白，然後再選擇適當的文字。

寫下來以後，再從另一個角度描述這片天空，比如說九歲或九十歲的自己怎麼看它。研究這兩個觀點有何不同之處，並留意你所看到的特徵以及使用的詞彙。

繼續仰望天空，以另一個全新的角色來觀察它。留意你所看到的特徵以及你所使用的詞彙。

你會發現，面對同一片風景，每個人強調和省略的細節都不一樣。即便是最貼近生活的藝術品，若少了詮釋的角度，就什麼都不是了，因為它缺少了主觀的感知。藝術家和作家的凝視無論有多主觀，都是他們體會到的真實。吳爾芙在《自己的房間》中寫道：「小說一定得扣緊事實，愈真實愈精采。」

透過銳利的視角來寫作，你的作品和視野都會更廣闊。

84 腦力全開

通常我們去聽講座都會做筆記，但如果只專心聽講，一些重要資訊和想法就會馬上忘記。提筆寫字的同時，我們得挑選、評估和濃縮要記下的內容，等於是創造自己的觀念。做筆記可以提升學習力和記憶力。不光如此，研究顯示，手寫比打字好，能記下許多事情。

寫下出遊計劃時，大腦就會活躍起來，彷彿已經要出發一樣。想像力可以增強記憶力，也可提升某些技能的表現。寫作時，大腦各個區域的神經連結會更緊密，而資料庫也會變大。與人集思廣益、共同創作故事，就能有效維持記憶力。收集資料、放入故事中，透過專注力找出不同事物的連結。日子久了，我們統整資訊的能力就愈來愈強。

記憶是寫作者的食糧。

基於客觀的資料、事實、數據、紀錄、抄本和名言……專注地記下來，就能放在心中。愛用你的筆記本，多寫多整理。

然後是主觀材料：故事、人物、地點、經歷、夢想、想法、感覺……

此刻我能回想起祖母的笑聲。她很久以前就去世了，她的聲音沒有被錄下來，但我能在腦海中重播。這是透過想像力重新建構回憶，甚至可說是創造回憶。在人生不同的階段，我都能想起祖母的笑聲。我更成熟，也更感性了，我與記憶的關係也改變了。原本的記憶已經轉了好幾層，就像影本一本接一本重印，每次轉手都會失去一些原初的本質。

但如果我認真寫下祖母的笑聲，就可以回到最初的回憶中，而不是加工後的副本。我會突然想起那些遺忘已久的經歷。就好像檔案庫的大門打開了，讓我突然發現未曾接觸到的細節。寫作是記憶的催化劑，這不是我獨創的，你去讀普魯斯特的作品就知道了。寫作能增進你的記憶力，讓你更能精準地回顧往事。

除此之外，寫作會讓你變得更聰明，創意更多、更明確。

寫得好，代表你的觀察力更敏銳、理解力也提升了。

寫得好，代表思緒流暢、腦力全開。

85

跟著感覺走

法國作家福樓拜在寫《包法利夫人》時，寫信給朋友說：「我不得不起身去拿我的手帕；眼淚從我臉上流下來。我被自己的文字所感動。我構思人物的情感、尋找得以表達的字句，這些過程都讓我感到滿足和狂喜。」

只要花時間寫作，就會產生意想不到的情感連結。你會發掘自己過去沒有意識到的感受，重新發現對某些人事物的愛，甚至已被你遺忘的欲望。你可以用寫作舒緩失望和被壓抑的心情。過程中，你也會不得不面對一直想逃避的不快回憶。你甚至會為一些非常神祕的事情哭泣。

如果你寫到自己在打哈欠，那你的讀者也會感到很無聊。你最好更換用字遣詞的風格，或活動一下筋骨，或乾脆先休息。你得掌握好你寫作的主題和技巧。如果你對自己的角色沒有同理心，那麼你的讀者也不會對他們有太多的感覺。當然，就算你的作品充滿溫情，也不見得每次都能感動讀者，但只要你寫得不痛不癢，讀者就一定不買帳。

當然，在你完成的作品中，一定會有個人情感宣洩的元素。你也許在書寫過程中轉化它，使它蛻變成新的東西，而且一眼難以看穿。無論如何，感覺都是通往美感的途徑，無感的作家寫不出好東西。

用寫作讓自己去感受。

86

有同理心才能寫出複雜的角色

美國哲學家傑森・巴漢弗（Jason Baehr）認為，好奇心、專注力和開放性是知性上的美德，能提升思考力與學習力。英國心理學家西蒙・拜倫—柯恩（Simon Baron-Cohen）建議，從鄰居吵架到國際衝突等關係問題，都可以透過同理心來解決。慈悲的同理心能促進人與人的連結，但不會造成情感上的負擔，它還能拉緊社會網絡，讓人人互相扶持。

作為寫作者，你得常常換位思考，或透過對方的視角看世界，並體會他的感覺；這就是運用同理心。有朋友說，這就像把人際關係變成小說。這是交流心情最正向的方式，你不會因此疏遠自己，反而更能了解自己。因此，走出你自己的狹隘心靈，進入他人的腦袋與想像空間吧！

當你不再亦步亦趨地模仿別人，才算是在創作小說。當你超越自己的視角，能寫出他人真實的心聲，讓各個角色有自己的個性，你才是合格的小說家。如果你是某個組織的公關，請仔細考量受眾的期待和需求，而不是強迫對方接受制式的流程或信念。你的人生是與他人共存，在這個前提下，你才能理解自己的故事；在這過程中，有人與你產生連結、也有人離去；你會與他人合作，也會與對方發生衝突。

有些人的作品只有第三人稱敘述，而且沒有觸及人物的核心，那就要用第一人稱重寫某些段落。如果你本來就討厭或不熟悉這個角色，那麼這個方法特別有用。當你學會用「我、自己」來寫人物的對白，那麼一些有趣的細節就會浮現。接下來，你就知道要從哪方面做更全面的研究。你會對角色有同理心，而不只是看著他講話、做動作。當然，你還是可以隨時插入第三人稱的描述。

安排固定時間練習寫作，久而久之，你的生活就會跟創作離不開。就如亞里斯多德所說的，反覆執行的行為造就了你。設計對白、想像對話的場景、觀察他人、對他們的動機和行為感到好奇……這些活動有助於培養同理心。你寫得愈多、讀得愈多，就愈能換位思考，或透過對方的視角看世界。即便你不苟同他們的想法，也能知道原因在哪裡。

接下來的練習是為了讓你體會同情、同理以及厭惡感。

創造一個敘事者不喜歡的角色，並概述他的背景。接下來設計一個橋段，讓讀者對這個角色很反感，比如他有些討人厭的小動作或言行很可惡。想想看，這些特徵隱含了哪些觀點，是否反映出敘事者的特質。接著再想想，敘事者為什麼要寫這個主題？他與這個角色有什麼過節？為何會討厭這種人？仔細思考以理解敘事者的感受。

接下來，創造一個背景相同的人物，但討喜又令人感到同情。他與前面的人物不光是屬性相反或單純的好壞之分。後面這個角色，是為了讓我們更能深入理解前者的複雜性。想想看，後者迷人的特徵隱含了那些觀點。有哪些關係和事件扭轉了敘事者對這個角色的觀感。

把前後兩者結合起來後，我們就能創作出一篇令人滿意的短篇小說，而不光只是寫出主角的優缺點而已。因此，創作時要考慮故事的結構、劇情的發展以及人物的主觀視角。

87

記得你已有的成就

我很喜歡《伊索寓言》中的一個故事，大略如下：

有隻狗叼著一塊肥美多肉的骨頭走過小橋，低頭時，牠看到河面上也有隻狗，而且咬著一塊更肥美的骨頭。橋上的那隻狗想要奪取對方的骨頭，於是張開嘴巴，這時牠的骨頭掉進水裡。水花濺碎了倒影，河面那隻狗消失了，當然也沒有另一塊更肥美的骨頭。牠什麼都沒了。

有些作家已功成名就，有些作家還在困境中掙扎，但他們都害怕失敗，也無法不與他人比較。這就是作家的詛咒與折磨。若你在煩惱自己是否是成功的作家，請想想這個故事，並提醒自己，另一隻狗的骨頭就在你嘴裡。

88 堅持下去的勇氣

在七十歲出頭創作了《神奈川沖浪裏》的版畫家葛飾北齋寫道，他之前所畫的一切都不顯著，他希望到八十歲時能取得真正的進步。當他八十九歲去世時，他說，如果再有五年時間，他會成為真正的藝術家。

我有位年長的作家朋友有幸接受了《故事》（*Story*）雜誌的編輯和創辦人瑪莎・佛利（Martha Foley）的教導，後者因開創了田納西・威廉斯（Tennessee Williams）、沙林傑（J.D. Salinger）、楚門・卡波提、卡森・麥卡勒斯（Carson McCullers）等人的事業而受到讚譽。我的朋友說，在最後一堂創意寫作課結束時，佛利女士問學生們想不想知道成功的祕訣。

不用說，他們當然想。

他們異口同聲地表達熱切的渴望。

她鄭重地拿起粉筆，轉向黑板，緩慢地大大寫下：毅力。

就像騎自行車、念醫學院、唱歌、表演雜耍等大多數的事情一樣，只要慎重、專注的練習，寫作技巧也會進步。

你畫得愈多，觀察力就會愈強，也更懂得準備素材，包括調色、選擇媒材、挑選畫筆等工具。此外，你的畫技也會變好，更能創作獨特的圖像，將概念轉化為生動的作品。

同樣地，寫作也是一種累積。

堅持下去，好好觀察、選擇和準備素材，找出你個人的觀點和風格，挑選適合的體裁，運用你的文字技巧、創作特殊的意象，將概念轉化為生動的作品。你終究能克服你技巧上的不足，並發展出你的優勢以及獨特的聲音。

堅持、努力不懈，你終會有所收穫。

89

設下目標，但重點是過程

「我將參加在十一月舉辦正式的音樂會，」有位朋友告訴我：「在那之前，我的日記會像一支香蕉。」

她是一位業餘的豎琴家。她很緊張，她從未演奏過這些曲目，而且當中有困難的獨奏。她當然想有個好表現。只剩下半年的時間，而且她平常還有工作要做。

但，香蕉是什麼意思？

「接下來的心情曲線。」她說，同時手在空中劃出一道弧線，由高到低，經過一段平穩的低潮後，再衝向高點。

我欣賞朋友的態度。她敢於挑戰自己的弱項，去演奏幾首困難的作品。她投入了所有的精力，她不想讓買票進場的觀眾失望，也想維護自己和管弦樂團的名聲。

後來音樂會圓滿結束。她表現出色，現場反應很棒，她非常開心。

立下寫作目標，朝著它前進。你每天有既定的功課，也就是按照香蕉的曲線前進。目標有很多種，包括最後期限、學會某技能、產出作品或性格養成，而過程中會有許多要做的事。你要學會信心喊話，比如說出「我會是一名得獎作家」。挑戰你做不到的事情你才會進步，從小處著手，一步一步地前進。

我的太極老師說：氣隨意走。專注於你的目標，你的能量（有時會有他人的能量）就會流向它。你做的每個決定都會與它有關。即使最終失敗了，你還是走了一段長路；當初沒有目標的話，你應該很快就放棄了。

90

寫作不是苦行

「寫作沒什麼，就是坐在打字機前打到流血。」這句話有許多種版本，但可能是海明威說的，也有人說是某幾位體育作家想出來的。但這個想法顯然很受歡迎。

寫作並不容易，那作家的生活會很辛苦嗎？沒錯，是很難，挑選字詞不像從盒子裡拿出巧克力，而是要認真思考，甚至會想破頭。創作、編輯都是個苦差事。作品被被退稿甚至無消無息的話，心裡也很難受。掌控自己的主觀因素也很不容易，有時你覺得自己在胡說八道，又有時想寫一部偉大的作品，當然你也會質疑自己為什麼要寫作。

但比起遇到天災或上場作戰，寫作還是輕鬆多了。而且沒有人逼你要當作家，如感到太艱鉅的話，就做點別的事吧！

因此，若有人在抱怨當作家有多辛苦時，我一點都不感到同情。

美國小說家理察・福特（Richard Ford）在演講上提到，作家應該努力工作，以免過得像銀行家或律師一樣。這句話很有趣。他認為，每天寫點東西就夠了，而且不管你寫了什麼，都應該感到高興。其他作家也建議，每天花點時間寫個幾百字就夠了。寫作不是苦行，也不是為了贖罪，更不是為了懲罰自己。每天寫一些零散的片段，只要持續下去，最終你一定會抵達終點。

忘掉那些嚴格又否定生活樂趣的教條，也不要把你的寫作計劃變成史詩般的鉅作（除非你真的要寫一部史詩）。丟掉那些浮誇的宣言，不要在墨水瓶或鍵盤上流血或割肉。

沒有人逼你，你只為了自己而寫。這種練習很有意義，需要耐心和努力。接受這一點，堅持下去，生活會容易得多。

91

創作對生活的助益

你不一定要創作出偉大又迷人的作品。有時創作就像做資源回收一樣，在斷垣瓦片中收集零碎的物品，看看能否創造出新東西。正如你不買現成的餐點，而是自己挑選食材，隨意拌炒一番。

創作是種令人欣喜的衝動和熱情。也許你有這種強烈的欲望，當然我的學生也有：

路易絲：「大家都知道，工作、人際關係、運動和休閒等面向要取得平衡，但我們都忘了創造的需求。安排時間做點創作活動，也是一種自我照顧的方式。」

禾田：「寫作沒有規則、沒有限制。你可以嚴肅地寫，也可以寫好玩的。每次寫完東西後，我的心情都會變好，變得更平靜、快樂和滿足。」

翠西：「寫作是一種大解放。我以前總羞於讓人讀我的作品，後來我學著聽取他人的意見。慢慢地，我開始找出自己的風格。這跟我在工作中和辦公室裡所展現的風格完全不一樣，它自由多了，是我個人獨創的語言。透過寫作，我更加了解自己。我的生活有了新風貌，也得到非常多樂趣。」

這些個人的體驗與自省性的觀察，我全部都同意。

除了個別的證言，科學研究也顯示，創作可以促進身心健康，它能產生冥想般的靜心效果，也能讓大腦釋放多巴胺。畫畫、組模型、打毛線、做蛋糕、做家具、練習舞蹈、整理花園、編寫故事……通通都是創作活動。科學家還說，寫作可以提升大腦的表現，學習力、記憶力和認知功能都會更好。我們可以用表達性寫作來處理負面情緒、修復心理創傷，還能提高免疫力。

不光如此，創作活動所產生的正面效應遠遠超出個人。

女性主義作家薩達維曾開設「創造力和表達異議」一門課。她認為，傳統教育只強調分類，如宗教、性別、醫學與歷史，這多少是在分割現實世界。另一方面，創作的重點在於統合與連結各種元素。為了幫助女性和男性了解自己的權利，我們不能再用填鴨式教育，而是要透過創造性思維。

英國作家約翰—保羅・弗林托夫（John-Paul Flintoff）認為：「用創造力與世界互動時，就能產生正面的影響力。創作可以撫慰和鼓舞人心，讓人們深深相信，生活值得品味，而不用處處忍受。廣義上來看，大大小小的藝術作品都有助於建立有意義的社群。」

騰出一點時間，享受你的創作衝動。

提升專注力、表現能力、體會自由和樂趣、生活有目的、加入群體，總而言之，創意寫作對你的身心健康和人際關係都有益。

稻草紡成金子

民間故事都很老套，但都在講述重要的主題和價值：愛、失落、危險、神泌、殘酷、學習、復仇、正義、衝突、權力、希望、野心、拋棄、秩序、不安全感、死亡和生存。一傳十、十傳百，故事被濃縮和潤飾，有些對白大家朗朗上口，有些角色變得家喻戶曉。

創作長篇作品時，得從大量的素材中理出劇情，也一定會遇到瓶頸。找出主要路徑，才不會被有趣的角色和事件拉走注意力。作者和讀者都很容易迷失在故事的叢林中。

創作練習：

創作一則民間故事。細節不重要，通俗的對白才是重點，角色不需要太多，但每個都要與眾不同。這個故事也許是主角轉變的歷程，也許結尾會出現大魔王或難過的關卡。

92
完工的成就感

柏拉圖認為，所有藝術都是不完美以及不完整的，這也意味著，他認為宇宙存在著一些難以實現和絕對的美，人類只能試著重現那些元素。

英國中世紀詩人喬叟（Geoffrey Chaucer）的作品集都不完整。達文西的閣樓中藏有許多未完成的手稿。創作者總喜歡累積碎片、廢料、垃圾、遺棄的作品、筆記本、半成品。這就是創作的本質，而實驗和試錯是種令人感到快樂和寬慰的活動。

完成作品有多重要呢？

這一點因人而異，有些人覺得沒成品就沒成果。

那麼創作工作何時結束？就在你盡最大努力完成實體作品的時候，比如裝訂好的書、正在展出的藝術品以及完成後製的電影。當然，每件作品都可以無止盡地修改。

實際上，所有作品都是半成品，是創作過程中的一個停頓。作品自己會踏上冒險的旅程。讀者、評論者、觀看者等受眾都有所貢獻，幸運的話，他們與作品的對話會繼續下去。

即便如此，在不斷流動的創作過程中，若能在某個時刻說「我完成了」，還是令人感到非常滿足：

「我用精心挑選的樹枝和色彩繽紛的飾品來裝飾我的鳥籠。」

「我滾了這個漂亮的糞球。」（糞金龜說）

「我寫了這首詩。」

作家都說不喜歡寫作，但還是喜歡寫完的感覺。雖然過程中要付出許多心力，但完成的喜悅難以言喻，是令人快樂的成就感。

翻開舊筆記，看看裡頭有什麼東西能吸引你的目光，包括你仍感興趣的想法、寫到一半的優美散文，或是一首詩的開頭。拾回這些半成品，看看能不能完成它。

93
出版經驗談

長期從事創作的作家不時都在思考：「這個能出版嗎？」他們想知道作品的好壞跟接受度，所以常常自我懷疑，不知道要不要繼續完成它。

通常我會建議他們先休息一下，等到創作的渴望難以壓抑時，再繼續寫。回想一下你為何而寫，以及可出版的標準為何。

以下這些事實都能夠安慰到我：

1. 在網路開放的時代，什麼都可以發表。
2. 出版專家也不可靠。許多文學經紀人和出版商都不看好J. K.羅琳的《哈利波特》。威廉・高汀的《蒼蠅王》在出版前，也被拒絕過二十次。
3. 可發表不等於是好作品。梵谷一生中賣掉的畫作很少，有賣掉的那幾幅畫要歸功於他的叔叔和弟弟。如今，他的畫作一再打破市場的拍賣記錄。相反地，跟梵谷同期的文學暢銷書，現代人大多沒聽過，今日也無法出版了。

4. 我所認識的每一位作家都有一堆被退回的稿子。

5. 出版商、經紀人和作者都同意，出版作品是一場賭注。文學經紀人喬尼・蓋勒（Jonny Geller）在TEDxOxford演講中談到，就算有完美的編輯、書封設計、評論家和行銷策略，書店也全心全意支持，不賣的書還是很多。

6. 《達文西密碼》當然可以出版，還變成暢銷書；而吳爾芙的大部分作品都被認為不宜發表。

7. 天時地利。出版商正在尋找某種類型的作品時，你的稿件恰好就出現在他們的辦公桌上。沒錯！這本書很值得出版。

8. 還是天時地利。出版商剛簽下某部歷史小說，隔天才收到你創作的史詩鉅作。可惜了！你的作品不宜出版。

9. 好好思考、多做研究、認真寫作、大量閱讀、堅持下去。多多聽取有憑有據的評論、抓出重點、自行編輯與潤飾。最後，以上步驟再重來一次。如此一來，你的作品應該就可以發表了。你也會感到很欣慰，因為你知道自己已盡了最大努力。

10. 寫作的欲望和發表的欲望是兩回事。

94

寫作很難賺錢

從事藝術創作不是為了賺錢。

除非你是職業寫手，不然最好把寫作當成你的興趣或志向，而不是為了賺錢。事實上，作家的收入都很微薄，包括少得可憐的預付款和文學獎獎金，所以你最好不要為了賺錢而投入創作。不過，寫作在其他方面（如精神、智力和情感）能獲得的回報很多。創作像服務業一樣低薪，甚至跟當志工沒兩樣。

有時我們會在新聞上看到名作家領到鉅額的預付金，或是出版社之間瘋狂地競標某部大作；記者還報導，有些暢銷書賣了數十萬本。事實上，這些消息會上新聞，是因為該作者很重要，或真的是太罕見了，就像農夫種出巨大的紅蘿蔔或有人做出像條街道那麼長的香腸。

有些單位會定期統計作家的平均收入，儘管寫作也算一種工作，但這方面的收入比失業補助金還低。

這種經濟上的現實與絕望感，反而能大大解放我們的創作力。既然沒有賺錢的壓力，你就忠於自己的創作。你無需跟周圍的人比排場，也不用跟人炫耀自己的「淨資產」。你也無需僱用清潔人員來擦拭水晶吊燈，因為你不會擁有那種家具。

95

用寫作來交朋友

狗是創造人際連結的大師，而且效率驚人。只要看到有人遛狗，就可以隨便講兩句話跟對方搭訕：「牠的毛真有光澤……我的狗也叫做傑克。牠會追球嗎？」

雖然作家都很孤僻（有如孤獨的浮雲），但寫作就像狗一樣，有助於與人互動。

在一個派對上。

「你的職業是什麼？」某位訪客問道，出於習慣和禮貌，他的眼神有點無神。

「我是個作家。」

「喔？寫書的嗎？」帶著一絲懷疑，他希望對方只是隨便說說。

「我做各式各樣的工作，但主要的工作是寫書。」

接下來幾分鐘，這個訪客打開話匣子，彷彿想被對方寫入故事中。比起那些對寫作無動於衷的人，他聊得可起勁了。他向你傾訴心事，把你當成知己和心靈導師。他自願提供素材讓你寫故事。總之，他只想「給予」。

拿醫護人員當對照組好了。假設某個醫生去參加派對，並跟某位訪客透露自己的職業，這時對方一定會會藉機詢問：「我背痛很久了，能幫我看看嗎？」看來他想獲得免費又專業的診療。總而言之，他只想「拿取」。

不過，寫作者不用常參加派對，也不用養狗，你可以在各種場合跟人聊起你的志業，當然參加寫作團體或跟其他作家交流也是好事。

為了取材，你可以規劃一趟旅程，去訪問以前沒機會接觸的人，並提出你非常好奇的問題，從水管維修到政治都可以。舉例來說，我想寫一篇跟蘑菇有關自然散文，於是我去植物系的課堂旁聽。我想描寫幸福的戀人，於是有位受訪者在咖啡店說起他跟伴侶相遇的過程，還拿出珍藏許久的情書。

有次我想描寫某國的風情，就意外地認識來自當地的旅人。幾個月後，我前往當地旅遊，他們提供食宿，還帶我認識那座城市。二十年來，我們一直都是親密的好朋友。

寫作能開啟對話，打破人與人之間的隔閡，進而發展出友情。

96 寫作團體的益處

說也奇怪，你在獨自完成寫作練習後，最正面的成果，就是能加入一個有凝聚力的意向社群（intentional community），比如寫作團體。如果你身邊沒有這樣的群體的話，你也能自己創立一個。

有些寫作者是獨自磨練出優秀的作品，生活就靠旁人的支持，比如寬容的配偶、親人或好友。

相對地，雖然寫作團體的成員不能隨傳隨到，但這是一種長遠而穩定的關係。

你不必與成員一起生活或工作，也不用擔心對方像家人一樣，只會誇獎你很有天分。這是毫無意義的，因為你需要的是有見識、有建設性、具有挑戰性的評論。但殘酷的是，當家人或好友開始批評你的作品，你就不會那麼喜歡對方了。但他們提供的服務就像去修理你家中的水管；他們花時間和心力讀完你的作品，之後你得自己擦拭滿是水漬的地板。

相對地，寫作團體聚在一起是因為喜歡寫作，而不是對彼此有感情（除了團隊精神）。你可以與成員討論手上的作品，而不會感受到壓力；這不是有條件的愛，所以你不需要對方的認同或回報。你們身兼創作者、讀者、編輯和評論家，能一起討論初稿，也能一起研究素材。他們為你帶來同行的認可，無論外面的世界是如何。他們是可靠的領航員，可以穩定你的情緒波動，特別當你發現自己正在寫大作或是一堆垃圾時。

聚會結束後，每個人各自回到自己的生活及家人身邊。

順帶一提，隨著時間的推移，你們或許會開始關心彼此，甚至成為親密的朋友。但因為這個群體是為了寫作而組織起來的，所以其他面向還是其次的。

我愛我的寫作團體。你也去參加吧！

97 蝴蝶效應

你不必為了推動特定議題或改革而咬文嚼字。吳爾芙在《歐蘭朵》中諷刺地說：「莎士比亞的愚蠢歌曲能幫助窮人、改革社會亂象，功效勝過世上所有的傳教士和慈善家。」美國總統林肯、心理學家佛洛伊德、思想家馬克思，南非總統曼德拉等大人物都喜歡莎士比亞的喜劇、歷史劇和悲劇，也從中得到實用的洞察力和啟發。劇作家本人應該會很驚訝「在這個勇敢的新世界裡，居然有這樣的人們在裡頭」。（譯按：出自《暴風雨》經典名言：O brave new world, that has such people in't.）

英國詩人珍妮・約瑟夫（Jenny Joseph）的詩作〈警告〉（Warning）提到，老年人也可以過得很浮誇。但她沒有預料到，這個理念啟發了一個國際女性組織的成立，而且成員多達三萬五千多人。

《夏綠蒂的網》作者懷特（E.B. White）也沒預料到，他筆下那隻小豬的困境會啟發西方人吃素的風潮。

世界各地的教育工作者、家長、圖書館員和書店店員都喜歡《哈利波特》，認為這本書引發了新的文化革命，創造了一個世代的閱讀愛好者，包括難搞的青春期男孩，還促成了拉丁語的復興。英國的文化產業、電影產業、觀光業和零售業者也因哈利波特而蓬勃發展。

以上都是新聞報導的焦點，但有影響力的不光是大作家和暢銷書。「介入文學」（committed literature）是存在主義者所提出的概念。為了傳播某個社會議題，作者不能含糊其詞，要對自己的創作、題材和內容負責。

你的作品無論多麼素樸，都會有機會掀起波瀾。它也許能減輕他人的痛苦、為他人帶來喜悅、或者傳達新的觀念或概念。它甚至能凝聚起社會意識。誰知道這些漣漪會走多遠？

98 用筆改變世界

寫作能產生出意想不到的後果，間接地影響社會或造成連鎖反應，也可以讓世界變得更美好。

約翰—保羅・弗林托夫的創作就是一個證明，他建議：「為了消除社會的弊病，我們可以幫忙傳遞消息，號召眾人來改變世界。」

文字能產生正面積極的影響，讓大眾面對重要的議題。為何不寫寫看呢？

環境的破壞、族群衝突、社會不公、恐怖主義……面對這些嚴峻的局勢，與其內心沮喪、雙手一攤、抱怨自己無能為力，還不如透過自己的寫作能力來產生影響力。你可以為大眾說明這些議題的來龍去脈，指出當下的改善方案，以免事態更加嚴重。抱怨和譴責是不夠的，挺身當個見證人、倡議者和行動者，發揮你的文字功力，讓訊息傳遞得更遠。

瑪麗・沃斯通克拉夫特（Mary Wollstonecraft）還活著的話，應該還會繼續捍衛女性的權利，並學習新時代的文學形式。文化學者薩伊德（Edward Said）現在會如何看待東西方的文化差異。哈維・米爾克（Harvey Milk）還活著的話，會如何鼓勵多元性別群族？聖雄甘地的全集包括隨筆、自傳、信件和政治傳單約一百卷，他還在世的話，會在社群媒體上說些什麼？

自然文學作家瑞秋・卡森在《寂靜的春天》中結合了科學研究與充滿詩意的文字，促使政府檢查、控制並禁止農場使用滴滴涕等殺蟲劑。其他類似的出版品也影響了輿論，人民因此發起社會運動，科學家也展開新實驗去改革化學工業，這一切都為全人類的健康做出貢獻。

同樣地，環保少女童貝里在深思熟慮後，找到她要投入的議題，並善用傳播媒介和她的文字，帶頭發起了一場全球性的環保運動。她要提醒大家，面對氣候危機不可再無所作為。她的影響力取決於她熟練的語言能力（包括演講和寫書），當然還有她的決心。她把達賴喇嘛的名言當作信條：如你認為自己微小到無法帶來任何改變，那就與蚊子共眠吧。（編按：西方諺語，意味忍耐令人不快的事。）

選擇你想投入的議題，接著了解、研究並持續關注它。

選擇你的發表平台：校園演講、發送廣告信、電子郵件、部落格、YouTube、刊物、或在街頭舉旗。

選擇體裁：散文、詩文、請願書、標語、歌曲、劇本、小說或紀實報導。

運用本書的練習和指導，再加上你的創造力和寫作技巧，去參與倡議並說服他人。

記住首要原則：好好思考讀者的期待和需求。

寫下你希望在世上看到的改變。

99

萬事萬物的力量

對萬事萬物感興趣
大量閱讀
一定會有所得

100 現在就寫

現在就是未來的起點
今日的態度會影響你未來每一刻的生命品質
現在就是最重要的時刻

三個幸福的故事

忍不住想跟你分享

因寫作而開啟的幸福人生

The Happy Writing Book

Discovering the Positive Power of Creative Writing

找回遺失的人生

克萊兒參加了我的初級寫作課程。她從未寫過故事，只有在工作場合完成文件和報告。她是某企業的人力資源主管，也是妻子和母親。她嘗試以不同的角色寫作，結果好壞參半，但她並不執著在結果上。她喜歡創作的過程，並繼續參與下一級的課程。

克萊兒開始寫她的童年，一開始有些遲疑不決。她是被領養的，與其他被遺棄的嬰兒一起登上英國海外航空飛機，在空姐的照顧下從香港飛到英國，那年是一九六二年。她以第三人稱的視角寫故事，但情節總是模糊或失焦，也沒有寫下重要的場景。一週一週過去了，克萊兒只繞著故事的核心打轉，我請她把自己的感想變成一個章節，去探索那個記憶背後的情感。但她擔心這不夠有趣。

一週後，她完成了重新修改的故事，現在是以第一人稱書寫。她開始朗讀，故事徹底改變了：無畏、美麗、充滿情感又真實。我們都被這故事吸引住了，想要聽到更多內容。這可以變成一部長篇回憶錄的開端，絕對沒問題。

但內容還是有些空缺。克萊兒得研究那個時代的客觀條件、包括與自己相關的人、事、時、物、地，以理解她自己的遭遇。她利用網路搜尋和社群媒體與其他被領養者取得聯繫，還參加了各種會議和聚會。

幾年後，透過寫作和研究，克萊兒找到她的中國家人、領養家庭和往昔的人生；她挖掘出遙遠的記憶，解開了長久的謎團。過程中，她結交了新朋友，也悼念她的親生父母，還得知養父那不為人知的奮鬥過程：他曾是街頭遊民，後來花了大半輩子打拼出一家洗衣店。在養父去世前，她與他分享了自己的創作，令他感到無比自豪。

她接受了電台和報紙的採訪，並參加電視節目《失散多年的家庭》（*Long Lost Family*）。她為《英國的華人領養研究》（*The British Chinese Adoption Study*）貢獻許多寶貴的資料，這本書在英國引起了大眾對於跨種族領養、政府作為與相關機構的討論。她還結識了六十多名其他被領養者，其中有許多人也開始分享自己的故事。對了，克萊兒是以部落客的身分找到她自己的寫作聲音。

被埋沒的喜劇天才

克里斯是一名會計師。這份工作穩定可靠，但他並不喜歡，也沒有做得特別好。他生活中唯一跟寫作有關的事情，就是寫標準的商務信件給客戶，結尾處還要附上制式的親切問候。而且，他穿著西裝來上作文課。

他根本就是天生的喜劇演員。每週他都會讓我們進入歡樂模式，就算要寫悲慘的主題，大家也會感覺有趣，即便是最認真的同學也忍不住笑出來。

克里斯是一個模範生：他每週都會來上課，也會認真完成作業。他能虛心接受他人的評論，也會修正寫不好的部分，並保留好的段落；他能辨別其中的差異。

暑假結束後，他繼續來上進階課程。有天他分享了好消息：他正在醞釀創作電影劇本。事實上，在這之前我已經注意到，他不再穿西裝、而是穿牛仔褲來上課。

當時ＢＢＣ正在尋找有潛力的培訓作家，克里斯參加了公開徵選。他提交自己的作品集，也就是他在寫作課上完成的作業。而且他當時有仔細聽取建議，並修潤了這些作品。他獲得面試的機會，成功拿到一份為期六個月的合約。

克里斯發了郵件給我：「我太開心了，不敢相信這是真的。我走出電視台時，還捏了好幾下自己的臉。」

克里斯先為ＢＢＣ的新節目提供創意，之後又成為喜劇節目製作人，與ＩＴＶ、Channel 4等公司合作。他負責創作節目的對白、短劇和其他橋段。他熱愛這份工作，他後來還跟我說：

我一直討厭當會計師，也做得滿糟的，不過還是勉強可以過活。如果沒有妳的教導，我不會有機會在電視界工作。我從寫作中學到相關的技巧和信心，我因而意識到自己是有創造力的。

用往事點燃對彼此的愛

凱蒂和維爾莫斯同意接受我的採訪，並成為《幸福結局之書》（*The Book of Happy Endings*）的人物之一。我來到他們的公寓。他們如實地、耐心地、慷慨地對我講述他們是如何相遇、接著墜入愛河。我們聊了好幾個小時。我潦草地寫著一頁又一頁的筆記。我不知道該如何編排、分類這些訪談內容，也還不知道要從哪裡開始寫起。但我知道，一定要先談談維爾莫斯的經歷：

維爾莫斯終於抵達維多利亞車站。他從匈牙利一路坐火車、換渡輪、又換火車、再換渡輪才到站。那是一九六三年。他十九歲，準備好要迎接這個世界了。他穿著尖頭鞋，西裝上打著領結，戴著一頂插著羽毛的時髦帽子。他不會說英語。人山人海、喧囂雜亂的倫敦讓他深感衝擊，他從未有過這樣的感覺。他以前只待過又老又窮的小地方，但至少那裡能讓猶太人有一點立足之地。

我整理完維爾莫斯和凱蒂的故事後，整理成〈匈牙利之吻〉這個篇章。我從大量的事實、細節、回憶和照片中勾勒出一條線索：這個年輕人愛上他叔叔的妻子。在匈牙利語中，吻有兩個詞：平淡的感情之吻（puszi）和戀人之吻（csok）。我要告訴大家，前者如何變成後者，這其中有很多禁忌，包括家族關係、父母的期望和年齡差距。

這兩人還是成為伴侶了，四十多年後，他們仍然在一起，對彼此忠誠而形影不離，但還是沒有結婚。

「這就是年齡差距的問題，」凱蒂笑著說：「我快八十二歲了，維爾莫斯六十二歲。生活中我們看重的事情其實不一樣。」

納爾莫斯可以騎著腳踏車在倫敦奔馳，但凱蒂已經覺得體力大不如前。「旁人看在眼裡，也都應該都有些看法，」她這麼表示：「那些不見得是善意的。但這是必然的，我們的人生和愛情的確與眾不同。」

「我們的關係逐漸前進，」維爾莫斯說：「逐漸加深，從未停止增長。談論我或她個人的事情是沒有意義的，我們始終是一體的。」

這個結尾已經夠幸福了，但番外篇也一樣精彩。該書出版一年後，這對情侶邀請我在週日共進午餐。

那天，他們的公寓大門敞開，我看到裡面放著一盤盤自製的食物，還有其他人在場。出乎我意料之外，這應該是個盛大的聚會，訪客也愈來愈多，公寓擠滿了人。我們喝起香檳。一定有某件值得慶祝的事，但沒有人知道是什麼。某人生日？某事的週年紀念日？某人要退休？

眾人被叫到客廳，這裡有些擁擠。納爾莫斯清了清喉嚨，開始朗讀事先準備好的講稿。過程中，他眼裡充滿了淚水，聲音斷斷續續，有時不得不停下來再重新開始。但他實在沒辦法唸完，於是把手稿遞給了老朋友，請他代為朗讀：

這一切都始於一九六三年十一月，當時凱蒂的某位親戚來到這裡，那個年輕人不諳世故又天真……但我們先不談這個人。

時間快轉來到去年，當我和凱蒂同意接受伊莉絲的採訪。她正在為她的情侶故事集《幸福結局之書》收集資料，她想知道，人們如何相遇並墜入愛河。

我們放心地與伊莉絲交談，並一五一十地交代所有往事。在她的努力下，這個故事在紙頁上栩栩如生。事實證明，重新講述這段往事後，我們的感情突然升溫了。正如大多數的情侶在開始共同生活時，會有種小小的衝動，想要掩飾這種不尋常的甜蜜感。

雖然我們的故事不是童話故事，但我覺得以「他們結婚並從此過著幸福快樂的生活」做為結局仍是很美的。

致謝

出版過程的支持者

ZenAzzurrians, Clare Alexander, Sara Goldsmith, Jo Lightfoot, Elen Jones

細心的讀者

Annemarie Neary, Ian Gollan, Eve Aspinall, George O.

快樂的故事創作者

Claire Martin, Chris Quinn, Geza Singer

寫作工作坊的成員

Simon Finberg, Claire Coleman, Ian Pring, Chris F., Guillem A., Takayo S., Yasmeen M., Khadiza L., Louise Fernley, Hetian Wang, Tracey Loftis……以及每個分享自己作品給我

的人。

各個領域的幫手

Glyn Williams（太極教學）、Denise Holmes（睿智的顧問）Nicolas Pasternak Slater（《齊瓦哥醫生》的專家）、Ezri Carlebach（科幻專家）、Sam Patterson（有毅力的寫作者）、Chris Hartney（希臘文專家）、Katsura Isobe（日文專家）、Nadia Valmorbida（拉丁文專）、Claire Needham（畫了那艘船）、Tara Wynne（信念）

後製專家

Charlotte Selby（編輯）、Harry Pearce（封面設計）

我的第一位老師

謝謝妳鼓勵我閱讀和寫作，就在我開始在壁紙上塗鴉的那一年。

Jerome）

《寒冷舒適農莊》（*Cold Comfort Farm*），史黛拉・吉本斯（Stella Gibbons）

閱讀療法

《活著：虛幻時代的真實詩歌》（*Staying Alive: Real Poems for Unreal Times*），尼爾・阿斯特利（Neil Astley）

《小說藥方：人生疑難雜症文學指南》，艾拉・柏素德、蘇珊・艾爾德金

《詩藥房：心、思想、靈魂的管用處方》（*The Poetry Pharmacy: Tried-and-True Prescriptions for the Heart, Mind and Soul*），威廉・西哈特（William Sieghart）

讀了會開心的作品

〈眾人齊歌〉（Everyone Sang），西格夫里・薩松（Siegfried Sassoon），收錄於《戰爭之詩》（*The War Poems*）

〈行星〉（How happy is the little Stone），艾蜜莉・狄金森

〈非凡的女人〉（Phenomenal Woman），馬雅・安傑洛（Maya Angelou），收錄於《我仍然崛起》（*And Still I Rise, Random House*）

〈好似一朵流雲獨自漫遊〉（I Wandered Lonely as a Cloud），威廉・華茲華斯

〈警告〉（Warning），珍妮・約瑟夫（Jenny Joseph），收錄於《午後玫瑰》（*Rose in the Afternoon, J.M. Dent*）

〈沒有什麼比這更純粹了〉（There is Nothing Purer Than That），露琵・考爾，收錄於《奶與蜜》

〈永恆〉，威廉・布萊克

《仲夏夜之夢》，威廉・莎士比亞

《歐蘭多》，吳爾芙

《傲慢與偏見》，珍・奧斯汀

《小人物日記》（*The Diary of a Nobody*），喬治・格羅史密斯（*George Grossmith*）

《三人同舟》（*Three Men in a Boat*），傑羅姆・傑羅姆（Jerome K.

Woods: How Stories Work and Why We Tell Them），約翰・約克（John Yorke）

安靜的作品

《無言劇I》，薩繆爾・貝克特

《四重奏四首》，T. S. 艾略特

《等待果陀》，貝克特

《寂靜之書》（*A Book of Silence*），莎拉・梅特蘭（Sara Maitland）

不按牌理出牌的作品

《犀牛》（*Rhinocéros*），尤金・尤涅斯科（Eugene Ionesco）

《愛麗絲夢遊仙境》，路易斯・卡羅

《全然的荒誕與其他詩句》（*The Complete Nonsense and Other Verse*），愛德華・利爾（Edward Lear）

《迂迴策略卡》（*Oblique Strategies*），布萊恩・伊諾（Brian Eno）和彼得・施密特（Peter Schmidt）

有味道的書

《香水》，徐四金

《吉特巴香水》，湯姆・羅賓斯

反傳統結構的電影劇本

《靈魂的四段旅程》，法爾瑪提諾（Michelangelo Frammartino）

《日月無光》（Sans Soleil），克里斯・馬克（Chris Marker ）

《去年在馬倫巴》，阿蘭・羅伯—格里耶

《橡皮頭》，大衛・林區

《機械生活》，朗・費力加（Ron Fricke）等

二創小說

《夢迴藻海》，珍・瑞絲

《傑克・邁格斯》（*Jack Maggs*），彼得・凱里（Peter Carey）

《異鄉人：翻案調查》，卡梅・答悟得（Kamel Daoud）

《一千英畝》（*A Thousand Acres*），珍・斯邁利（Jane Smiley）

拆解故事

〈皮克斯講故事的22條法則〉（Pixar's 22 Rules of Storytelling），愛瑪・科茲（Emma Coasts）

《作家之路：從英雄的旅程學習說一個好故事》（*The Writer's Journey: Mythic Structure for Writers*），克里斯多夫・佛格勒（Christopher Vogler）

《走進森林：故事如何產生以及為什麼我們要講故事》（*Into the*

(*Constance*)

〈重生〉(*Recreation*),奧德蕾・洛德(Audre Lorde),收錄於《黑色獨角獸》(*The Black Unicorn*)

〈挖掘〉(Digging),謝默斯・希尼(Seamus Heaney),收錄於《一個自然主義者之死》(*Death of a Naturalist*)

〈本體論實質、戲與愛的迷魅合成〉(An Obsessive Combination of Ontological Inscape, Trickery and Love),安妮・塞克斯頓(Anne Sexton),收錄於《詩選》(*Selected Poems*)

散文式小說

《比利小子作品集》(*The Collected Works of Billy the Kid*),麥可・翁達傑

《看不見的城市》,伊塔羅・卡爾維諾

《微物之神》,阿蘭達蒂・洛伊

反傳統結構的新小說

《閣樓裡的佛》,大塚茱麗

《項狄傳》,勞倫斯・斯特恩

《嫉妒》(*La Jalousie*),阿蘭・羅伯—格里耶(Alain Robbe-Grillet)

《芬尼根的守靈夜》,詹姆斯・喬伊斯

延伸閱讀

寫作的熱情

〈我為何寫作〉(Why I Write),喬治・歐威爾

《電影書寫扎記》(*Notes sur le cinématographe*),羅伯・布列松

《錯把太太當帽子的人》,奧利佛・薩克斯

《心靈寫作》,娜妲莉・高柏

《燒掉這本書》(*Burn This Book*),童妮・摩里森

《自己的房間》,維吉尼亞・吳爾芙

《如何改變世界》,約翰—保羅・弗林托夫

《史蒂芬・金談寫作》,史蒂芬・金

《哲學的慰藉》,艾倫・迪波頓

詩

〈謙卑〉(Humility),瑪麗・奧利弗(Mary Oliver),收錄於《幸福》(*Felicity*)

〈思緒之狐〉(The Thought Fox),泰德・休斯(Ted Hughles),收錄於《雨中的鷹》(The *Hawk in the Rain*)

〈不寫作〉(Not Writing),珍・肯楊(Jane Kenyon),收錄於《穩定》

LEARN70

寫作的本事‧無畏、熱情與想像力，英國寫作教母的創意指引與私房筆記

The Happy Writing Book: Discovering the Positive Power of Creative Writing

作　者—伊莉絲．華莫比達（Elise Valmorbida）
譯　者—李伊婷
責任編輯—許越智
責任企畫—張瑋之
封面設計—陳文德
內文排版—張瑜卿
編輯總監—蘇清霖
董事長—趙政岷
出版者—時報文化出版企業股份有限公司
一〇八〇一九臺北市和平西路三段二四〇號一至七樓
發行專線／（〇二）二三〇六—六八四二
讀者服務專線／〇八〇〇—二三一—七〇五、（〇二）二三〇四—七一〇三
讀者服務傳真／（〇二）二三〇四—六八五八
郵撥／一九三四—四七二四時報文化出版公司
信箱／一〇八九九臺北華江橋郵局第九九信箱
時報悅讀網—www.readingtimes.com.tw
法律顧問—理律法律事務所　陳長文律師、李念祖律師
印　刷—勁達印刷有限公司
初版一刷—二〇二三年七月二十一日
初版二刷—二〇二三年九月十八日
定　價—新台幣三八〇元

時報文化出版公司成立於一九七五年，並於一九九九年股票上櫃公開發行，
於二〇〇八年脫離中時集團非屬旺中，以「尊重智慧與創意的文化事業」為信念。

寫作的本事：無畏、熱情與想像力，英國寫作教母的創意指引與私房筆記／伊莉絲．華莫比達（Elise Valmorbida）著；李伊婷譯
--- 初版 --- 臺北市：時報文化出版企業股份有限公司，2023.07
面；14.8×21公分. ---（LEARN 70）
譯自：The Happy Writing Book: Discovering the Positive Power of Creative Writing
ISBN 978-626-374-042-6（平裝）
1.CST: 寫作法
811.1　　112010264

The original edition of this book was designed, produced and published in 2021 by Laurence King an imprint of The Orion Publishing Group Ltd through Andrew Nurnberg Associates International Ltd. under the title The Happy Writing Book: Discover the Positive Power of Creative Writing.

ISBN 978-626-374-042-6　Printed in Taiwan